KB070961

모롱지 설화

정동철

시인의 말

돌이켜 보니
내 어린 시절이 자리한 모롱지는
설화와 근대가 공존하는 공간이었다
이른바, '희망의 80년대'를 바라보고
산업화를 향해 폭주하던 시절
오지라는 이름으로 위리안치된 모롱지에서
건방구진 여우와 낭군을 잃은 황구렁이와
잔밥각시를 이웃하고 살았다.

오래전 잊힌 연인처럼
다시는 만날 수 없는.

2023년 2월
정동철

모롱지 설화

차례

2부 혼불

3부 요시롱 캥

4부 잔밥각시

해설

1부
그놈 똥구녁

말의 탄생
―모롱지 설화 1

신혼 첫날밤이 무서워 성례 후에 뒤안 장꽝 위 빈 된
장독 속에 숨어 있었다는 열여섯 살 소망니 할매

동네 사람들이 횃불까지 치켜들고 동네방네 찾아댕
겨도 못 찾다가 자정이 돼서야 제 발로 장독에서 나왔
지만

몸뚱이에서 장 냄새가 겁나게 나는 통에 첫날밤을 모
욕통에서 보냈다

밤늦도록 신부를 찾아 헤매다 숭불통이 난 새신랑
열야답 살 소망쇠 할아버지

신부 몸에서 나는 지독한 장 냄새 때미 코를 붙잡고
신행 가마도 내팽개치고 메너머 즈네 집으로 가 버렸다
가

그러믄 못쓴다고 아버지가 타이르고 따독거린 바람

에 이레 만에 다시 와서 신부를 데리고 갔다

    울다가 뒤돌아보고
    울다가 되돌아보며
    장고개 넘어가드락
    꽃각시 소망니 할매는 서러워했지만

    그 뒤로 모롱지에서는 장독을 열어 냄새를 맡아 보다
장이 너무 되었으면

    소망니 원삼 쪽두리서 나는 꾼내보다는 낫네

    라고 하는 말이 생겨났다

도둑질
—모롱지 설화 3

조앙쇠 할아버지네 또망 옆에 세워 둔 박적을 유심히
봐 뒀다 영락읍시 저건 국군이 쓰던 모자다 고것이 으
째서 저그 있으까 생각도 했지만 틀림없이 고모네 집 테
레비에서 봤다 '전우'에서 소대장 나시찬이 쓴 철모가
맞다 군인 간 삼춘이 휴가 나왔을 때 주고 간 사진 속에
서도 저 철모를 봤다

봄볕 따사로운 어느 날 그 박적을 훔쳐내고야 말았다
아무도 본 사람은 없다 병아리 몇 마리가 닭기통가리
안에서 지푸락을 허부적거리고 있을 뿐, 가슴이 콩딱거
리고 두방맹이질쳤을 뿐, 포도시 자루를 빼고 박적을 뒤
집어쓰고 냅다 집으로 담박질을 쳤다

인자 나는 애덜허고 전쟁사리헐 때 소대장은 맡아 놓
은 거여 붉은 무리 인민군을 쳐부수는 데 내가 대빵질
을 할 수 있다는 생각에 담박질을 쳐도 숨이 차지 않았
다 고샅을 지나 둠벙뵈미를 지나 집으로 들어서는데

하루 점드락 일하고 두룸박시암서 물 한 동우 질어
이고 들어오던 엄마가 나를 보더니

옴마, 야가 으디서 똥박적을 뒤집어쓰고 들어온다냐?

툇마롱에 앉아 댐배를 피던 할아버지도 깜짝 놀라
장죽을 떨구셨다

팥니
—모롱지 설화 5

원래 이름이 김강님인 엄마 친구는 별호가 팥니였다
팥으로 메주를 써도 메주 맛을 기똥차게 낼 줄 안다는,
석골 안짝 잔칫집이며 초상집에 팥니 아지매가 없으면
음식 맛이 나지 않는다고 이집 저집 대삿일에 불려 다
녔다

싸게싸게 녹두들 갈어 지영때까정 녹두부깨미 부쳐
야 헝게로 아! 숯불은 자지근허게 때야지 불이 너무 시
면 팥이 조리져 막걸리 서너 통개 갖다돌라고 혔는디 인
지까 안 오는 거슬 봉게 하루 점드락 걸리것다 아 누가
웃동네 술도가 좀 뽀로로 허니 댕겨와 저 잡녀러 새깽
이덜은 왜 잔치 음식을 두여쌌냐? 워따 저 자발시런 늠
덜 보소 다리몽생이를 작신 분질러 버린다잉

앞에서 혼내고 뒷구멍으로 먹을 것을 주는 것도 팥
니 아지매 몫이었다 고구마 부침개를 푸짐히 부쳐 동네
꼬맹이들 배부터 불려 놓고 나서 음식 장만을 시작해도
집주인들은 군말이 없었다

죽을 날 받아 놔서 병문안 댕겨오라는 재촉에 병원
에 찾아뵀더니 피골이 상접했어도 모습은 그대로였다

거시기 판니 아지매 왜 이름이 판니래요? 야가 뭔 야
그를 헌댜? 아! 이 사램아 판니가 아니고 판니여 나가 어
릴 적으 이름이 깡님이 아녀? 이름 기운이 시서 서방 잡
아묵는다고 사주쟁이가 이름을 팔어 버리라고 히서 이
름을 판, 판니란 말여

제동이
—모롱지 설화7

　제동이의 눈에서 도깨비불 같은 파란 불꽃이 쏟아져 나왔다 이를 악물고 그르렁거리다 끙끙대며 몸뚱이를 뒤틀었다 목구녕에서 넘어온 버큼이 입 가상으로 꾸역꾸역 흘러나왔다 내가 옆에 가면 반갑게 바라보다 드리당짱 송곳니를 드러내며 으르렁거렸다

　제동이가 우리 집에 온 것은 갱아지 때였다 길을 잃었는지 마당에 들어와 낑낑대는 걸 엄마가 거둬서 된장국에 식은 밥을 말아 주었다 제동이는 밥그릇까지 싹싹 핥아 먹었다 함박눈이 펑펑 내리던 날이었다 학교 갔다 돌아오는 길목에 늘 제동이가 기다리고 있었다 둘이서 섶다리를 건너 시암방죽을 지나 집까지 담박질 시합을 했다

　귀가 뾰족하고 꼬리가 당당하게 돌돌 말린, 늠름하기 이를 데 없는 제동이는 동네 개들의 대빵이었다 흘레를 붙을 때면 또래 개구쟁이들이 돌을 던져도 넘세스럽다며 아짐들이 찬물을 찌크러도 꿋꿋이 흘레를 붙었다

다른 수캐들은 제동이 기세에 얼씬도 못했다

아이고, 우리 제동이 어쩌끄나 어쩌끄나 엄마가 고통
스러워하는 제동이한테 물 한 바가지를 가져다주자 힘
겹게 물을 핥아 먹었다 슬픈 눈으로 엄마 한 번, 나를 한
번 바라보고 꼬리를 살래살래 흔들더니 고개를 떨궜다
야가 지 밥 챙겨 주는 나는 알아본다고 엄마가 울었다

쥐약을 먹었어도 내복만 긁어내면 먹을 수 있다고 갑
돌이 냥반은 자기가 꼬실 테니 한 다리만 달라고 했지
만 제동이를 뒷밭 언저리에 묻어 주었다

꼭 빼닮은 갱아지들이 겁나 있어 제동이가 보고 싶을
때는 동네 갱아지들을 쓰다듬어 주었다 할아버지는 동
네 갱아지들 전부가 제동이 자손이라고 껄껄 웃으셨다

서울말
—모롱지 설화 9

가리봉동 양말 공장을 댕기던 뽕란이 누님이 명절이
라 집에 왔다 모롱지 찹쌀백이 성낭골 누님 또래들이
뽕란이 누님네 사랑방에서 손바닥을 깨박쳐 가며 실없
는 이야기 품을 팔았다

워매 고곳이 모시다냐? 고곳이 모시가니 고로콤 곱
댜? 솔차니 돈 조께 들었것다잉

물실크라고 하그덩, 처음 봤니?
디게 곱지 않니?

음마, 서울 물이 좋긴 좋다잉 반년 만에 뽕란이 얼골
이 희허옇고 아조 닥알맨치로 개롬해져 부렀네 인자 삥
아리가 봉황 돼부렀당게로 가실일 끝내먼 나도 서울 조
께 가믄 씨것는디 늭 서울 갈 적으 어치케 안 대까?

무식하게 삥아리가 뭐니?
서울 가는 게 뭐 쉬운 일인 줄 아니?

어머, 병초 거기 있었니?

문지방 끄터리에 꼬부리고 앉아 댐배를 빠끔빠끔 피며 애기를 듣던 병초 성이 눈을 갠소롬허니 뜨고 한마디 뱉었다

니미 뽕이니?

그놈 똥구녁
―모롱지 설화 11

영락읍써 닥알을 두여먹는 늠이 있당게로 안 그러먼
매칠째 달구새끼덜이 알을 안 놓을 수가 업당게로 호게
나 히서 다른 디다 놓아놨나 내가 대밭 그늘 미티도 다
찾아봤당게로 틀림없이 머신가가 있어

조앙쇠 할아버지는 아침 일찍 조앙 문 트매기로 닭기
퉁가리를 지켜보고 있었다 아닌 게 아니라 아침이슬 내
린 풀숲을 헤치며 그놈이 다가오고 있었다 좌우로 미끄
러지듯 움직이며 몸뚱이가 풀밭을 지날 때마다 풀잎들
이 오소소 찬 이슬을 떨궜다 길고 미끈한 몸으로 퉁가
리를 파고들어 간 그놈은 지 아구보다 더 큰 닥알들을
꾸역꾸역 하나도 안 남기고 삼켰다 햇살이 이슬에 퉁겨
지며 사방으로 번져 나가기 시작했다 그놈은 느긋하게
햇살 사이를 하느적거리며 퉁가리 밖으로 사라져 버렸
다

그놈은 모를 것이다 닥알 중 세 개는 조앙쇠 할아버
지가 뽀쁘라 낭구를 깎아서 거짓꼴로 맹글어 논 가짜

배기란 것을

어! 저그 저늠 좀 봐라 몸떵이가 오속뽀속허다야

그늠이 그 오속뽀속한 몸떵이로 낭구를 친친 감고 뽈깡 심을 써 보기도 허고 높은 낭구가지로 올라갔다가 미티로 떨어져 보기도 허고 배를 꺼칠라고 무진 애를 썼다드만

그 두여로 어치케 되얐냐고? 나사 모르지! 흐지만 그늠도 뽀쁘라낭구 닥알똥 싸느라고 똥구녁이 찢어지게 아팠을 거시네 정다심을 힜는가 그 두여로 몰리 닥알 돌라먹는 일은 인자 읎다고 허능 거 가터

개새끼들
—모롱지 설화 13

팔복동 용산다리 가그 전으 호반촌이라고 안 있냐?
어, 거그에 사램덜이 잘 모르는디 전두환이가 오면 자고
가는 집이 있디야 사실, 아무도 모르는디 우리 조카 일
곤이가 보안대 방우잖냐 알지 너그덜 보안대 끗발 좋은
거 우리 조카가 그러는디 보안대는 경례 구호가 '대통령
을 선출한 보안대'리야 한번 히바 요로케 차례 자세로
서서 손바닥을 눈썹에다 부침서

"대통령을 선출한 보안대!"

그르치 잘허네 근디 말여 달포 전으 전두환이가 왔
다 갔다고 뉴스에 안 나오대? 연전에도 왔다 갔는디 동
네 개새끼덜이 하두 지서싸서 전두환이가 잠을 못 잤다
나 워쨌다나 그리서 이번에는 파출소 순경덜허고 보안
대 방우덜이 동네 개새끼덜을 싹 수거히서 하가리 파출
소에다 가둬놔 버린 거셔 아 근디 동네 개새끼덜을 뫼아
노니 이것덜이 가관이지 지덜끼리 방갑다고 지서쌌고
서로 으릉대며 쌈헌다고 지서쌌고 파출소 사방간디다

오좀 싸고 똥 싸고 난리가 아니었등게벼 글다가 개새끼
한 마리가 열린 문 트매기로 나가 버린 거셔 그리가꼬
파출소 순경덜하고 방우덜이 그 개새끼를 잡을라고 동
네방네 우당방탕 뛰댕기고 개새끼는 이 골목 저 골목 도
망댕기고 생각히 바라 동네 골목을 개새끼가 더 잘 알
것냐? 방우덜이 더 잘 알것냐? 시끄렁게 동네 사램덜은
다 나와서 귀경을 허고 파출소에 가둬 놓은 개새끼덜은
지덜도 나가고 싶다고 죽으라고 지서대고 아조 볼 수 살
수가 없었다고 허드라

    그 두여로는 전두환이가 결대로 전주 와서는 잠을 안
자고 광주로 내삗디야

    개새끼덜이 컨일을 했네

    느그덜만 알어
    다른 사램덜이 알먼 커일 나

옆방에서 잠을 자는 척하면서 다 들어 버렸다 어쩔거
나 어릴 적부터 나는 입이 싸다 큰일 나게 생겼다

복순이네 집
—모롱지 설화 15

탱자나무집 조앙쇠 할아버지는
조앙에서 낳았다고 해서
조앙쇠라는 이름을 가졌다

허리가 기역자로 굽어지도록 일을 겁나 해서
탱자나무 지팡이를 콕콕 짚어 가며
이른 아침 이슬 밭에 개똥을 주스러 다녔다

징기맹기 너른 들에서
시집온 김딸고마니 할머니는
우리 아버지 친구 일남이 아자씨네 옴만디
조앙쇠 할아버지한테 시집와서
아들 넷, 딸 셋을 두었다고 조앙니라고 불렀다

탱자나무 울타리에 눌러앉은 할아버지네 집은
마롱 하나 안방 하나에 건넛방이 하난디
방 두 개에 열두 식구가 모여
오손적도손적 오르래도르래 살았다

그 집 둘째 아들 이남이 삼춘이
내 동갑걸림 복남이네 아버지고
장작을 패다가 자루가 부러져 빌리러 가면
단단한 탱자나무 자루를 박은 돌치를 내주는 것은
웃을 때 양 볼이 오목해지는
복남이 동생 복순이었다

무아로
—모롱지 설화 17

의찬이 별명은 무아로였다 서울서 이사 온 의찬이는
뭐든 궁금한 것이 겁났다 시시로 이것저것 물어보는 통
에 동네 삼춘들이 영 귀찮은 모양이었다

그 빠께스는 무아로 메고 다녀요?
아, 이거시 소매 장군이여
뒤염에다 뿌려 줄라고 그러지
소매가 뭐예요?
오좀이여 오좀 늬가 오강에 싸는 오좀
무아로 오줌을 뒤염에다 뿌려 줘요?
아, 거름 되라고 그러지
무아로 거름을 만드는데요?
밭히다 뿌려 주면 곡석이 잘 크라고 그러지
곡석은 무아로 키워요?
야! 이눔아 곡석이 없으면 늬가 조석으로 밥은 어트
케 묵냐?
무아로 빠께스를 장군이라고 불러요?

옴마! 너는 무아로 똥장군을 빠께스라고 부르냐?

야! 무아로! 고만 좀 물어봐라
아, 졸남생이맹키로 졸졸 따리댕기지 좀 말고
가! 느곰마, 느가부지한테 가서 물어봐

근디 물어보란다고
느가부지 폴뚝 꽉 물어번지고 그러든 마라잉

느가부지 폴뚝은 무아로 물어요?

예라이…

뽀로로
—모롱지 설화 19

심바람 조께 갔다 와야 쓰것다 웃동네 점빵에 가서
술 한 주준자만 받아 가꼬오니라 해찰허지 말고 뽀로로
허니 갔다 와야 혀 알았쟈

다섯 살 동생하고 웃동네로 막걸리 받으러 가면 주
전자 가득 막걸리를 부어 주시던 성낭골 점빵집 할아버
지, 어린 아그덜이 춘디 기특하다고 왔다껌 한 개씩을
주시곤 하던 할아버지 수염이 염소 수염맹이로 희고도
검었다

먼 산에서 뻐꾸기 울던 봄날 버들강아지 핀 실개천
새 쑥이 올라오는 언덕배기에서 꼴깍꼴깍 주전자 꼭지
를 물고 막걸리를 마셨다 새콤한 맛에 취해 동생이랑 개
울가에서 춤을 추며 놀았다 아지랑이가 피어오르던 들
녘 동생이 팔랑거리는 나비 같았다 봄이 개울을 따라
졸졸 흐르던 아득한 날 마신 술만큼 개울물을 채워서
뒷밭으로 갔다

옴마! 뭔 술맛이 물맛이댜? 주준자에 빵꾸가 나번졌댜? 야덜뜰이 맹물로 막걸리를 맹글어 갖고 왔네 옴마! 얄뜰이 술을 먹었는가 보네 하이고 즈가부지 안 탁힜다고 헐깨미 일찌감치 술을 알아서 배웠고만 저 밭두럭 가생이 가서 둘다 엎드려 뼈쳐 옴마! 얄뜰이 대근헝가 보네 시방 자네 자 어어 데걸데걸 궁구네 궁구러

동생은 엄마가 보듬고 나는 아버지 등에 업혀 집으로 돌아왔다 서쪽 하늘이 참 발그란한 저물녘이었다

먹구렁이 업보
—모롱지 설화 21

야! 이늠아! 구랭이는 업이여
업을 잡아서 묵으먼 벌받는 거여
묵을 게 읎다고 업을 잡아묵냐
성주신이 노하면 집안이 망하는 뱁여
아 그라믄 안 된당게로
당최 그러들 말랑게로

　동인이네 할머니가 말리거나 말거나 대밭서 물외 넝
쿨대 할라고 대낭구를 비다가 나온 먹구랭이가 상도 아
자씨 팔뚝을 칭칭 감고 있었다 팔뚝만큼이나 두꺼운 구
랭이가 힘에 겨운지 그늠을 풀어 가며 아자씨와 동네
삼춘들이 엉겨 붙어 씨름을 했다

얼렁 솥단지 가져와
솥단지 어, 그려 불 지펴
그렇지 부뚜막 대충 독자갈 싸서 맹글고
솥단지를 얹어
간솔가지 주워다가 불을 때랑게로

32

아! 머더냐
물 한 동우 갖다가 부서야지

불이 지펴진 솥단지 안에서 먹구랭이가 머리를 툭툭
치는 드끼 소두방이 들썩거렸다 동네 삼춘들은 소두방
을 손으로 누르며 구랭이가 익기를 기다렸다

하따, 국물 뽀얀허고 지름 자글자글헝 거시 알마침
익었네 올봄 몸보신은 이것으로 때우것다 아따, 이놈 고
아 먹으먼 우리 성수님 좋아하시거써 성도 이 말국 잠
먹고 심 좀 써 볼 텨?

국물부텀 쭈욱 디리마셔 양기 보신에는 비암탕만 한
것이 있드냔 말여? 괴기 흐트러징게 살살 건드려 아! 괴
기 흐트러지자녀 옴마? 근디 배가 불룩허니 머시 들어
있다 오매 이기 머셔 쥐새끼네 야가 쥐새끼를 잡아묵었
는갑네 아이고 나는 죽어도 거역시러 못 묵것다고 칠성
이 삼춘이 손사래를 쳤지만 다들 땀을 뻘뻘 흘려 가며
구랭이탕을 디리마셨다

성주신이 노하실까 싶어 내 또래들은 멀찌감치 서서 귀경만 했는디 뺑노가 침을 꿀떡 생키는 것이 얼칫 보였다

엄마는 꽃등을 달고
—모롱지 설화 23

봄이 오면 꽃찰메 한가득 진달래가 피었지
해 질 녘 밭일 마치고 돌아오는 길
행주치마를 앞에 두르고 꽃을 땄지

옴마, 진달래꽃은 머다로 따요?
느가부지 술 당궈 줄라고 따지

따고 또 따도 꽃은 지천이고
지천이 꽃밭인데 엄마는
벌써 저만치 앞서 가서 꽃을 따고
쫓아가면 또 저만치 앞서 가서 꽃을 따고

맨날 술 많이 먹는다고 잔소리하던 울 엄마
저물도록 힘들게 일하고
꽃을 따서 술 담그던 그 마음 알 수 없는데

해 떨어진 꽃찰메 저쪽 끝에서 꽃등을 달고
꽃무덤이 되어 걸어오던 우리 엄마

엄마 생각 꽃처럼 차올라
꽃찰메라는 서러운 말을 떠올리는 밤

엄마는 진달래 분홍 꽃무덤이 되었지

2부

혼불

몽혼주사
—모롱지 설화 25

어릴 적 우황을 잘못 먹었다는 석찬이 성은 말이 어
눌하고 모지라 보이는 사람이었지만 등치가 크고 시마
자구가 장사였다 잘 얘기허다 뻔뜩하먼 뚜디리 팬다고
해서 동네 알뜰이 살살 피했다 그 성이 고사평 열닷마
지기 독다리를 지키고 서서 삥을 띤다고 허니 학교가
끝난 알뜰은 무서워서 전룡리까지 길을 돌아 집으로 갔
다

　야! 나는 그냥 고사평 열닷마지기 쪽으로 갈란다
　먼, 길을 한 바꾸나 삥 돌아서 가냐

　글지 말어 느릉거는 석찬이 성한테 걸리면 한 방에
널러가 번져
　내 말 듣고 그냥 얌전히 절룡리로 돌아가장게로

　고집을 부리고 들판을 걷는데 멀리서 봐도 성이 독다
리에 앉아서 물장난을 하느라 달롱개를 치고 있는 게 보
였다

어, 거그 오는 거시 누구여?
야, 일루 좀 와 봐라잉

야, 너 몽홀주사 아냐? 그 주사 한 방이먼 확 나서분
다는디 발바닥이 너무 아푸게 그려

가까이서 보니 뚱뚱 부은 발바닥이 길게 갈라져 피
고름이 흘렀다 재생빙원 가서 몽홀주사 한 방만 맞으면
금방 나슨단디 우리 집은 돈이 없어 그 주사 한 방이면
내 언챙이도 낫게 해 준단디 그 주사 한 방이면 우황 때
미 멍충해진 나도 똑똑해질 수 있단디 너는 석골서 공부
도 첼로 잘헝게 나중에 크게 되먼 나 몽홀주사 한 방만
노아도라

그러마고 약속을 했는지 안 했는지 기억은 없다 그
뒤로 성이 유난히 나를 잘 대해 줬고 석골 알뜰은 영문
을 몰라 했다 성은 그해 겨울에 물에 빠져 죽었다 가끔

40

성이 얘기했던 몽홀주사 생각이 났다

　석찬이 성! 성이 얘기했던 몽혼주사는 이 세상 어디
에도 없어 크면서 어쩌면 나도 몽혼주사가 필요했던 건
지도 몰라 그래서 몽혼주사를 찾아댕겼는지도 몰라 그
런 주사는 원래 없는 것이랴 그렁게 인자 잊어 먹어 나
도 잊어벌랑게로

늘매기
—모롱지 설화 27

소가 넘어갔디야
먼 일이디야
아리께 송아치 놓았다고 자랑흐더니만
더우를 묵었나 보고만
아 삼복더우에 소라고 으디 견디거써
새끼까종 놓느라고 팡졌을 거시네
아 새끼 송아치란 늠은 에미가
쎄로 할타 주야 인날 거신디
새끼도 나자빠자 있다네

아침밥을 먹고 동네 사람들이 막똥이 아자씨네 집
소망으로 모여들었다 에미는 반 무릎을 꿇고 소망 벽에
지대고 있고 탯줄이 막 떨어진 새끼가 비척비척 일어나
다 주저앉고를 반복하고 있었다

아 먼 귀경들 나섰까니 새복부터 뫼야들 들었어? 거
시기 막똥이 아덜늠 이름이 머시다냐? 너 후딱 자징기
타고 웃동네 점빵 가서 막걸리 한 납대기만 받아 갖고

오니라 그리고 막똥이 자네는 아까치메 내가 말헝 거 잡
아가꼬 오고 더 늦으면 에미 소 새끼 소 흘 껏 없이 다 넘
어가네잉

코뚜레를 빠짝 세워서 에미 소를 띠미다시피 일으켜
세운 다음 찹살백이 곱똥쇠 어르신이 아가리를 벌리고
장기 궁짝 두 개를 양쪽 아금니에 박아 넣었다 때마침
막똥이 아자씨와 동네 삼춘들이 소망으로 들어섰고 호
박잎에 싸 온 머신가를 에미 소 아가리에다 밀어 넣었다
소가 눈을 흐여케 뜨고 오악질을 해댔지만 곱똥쇠 어르
신이 사정없이 아가리에다 막걸리를 쏟아부었다 꿀떡
꿀떡 막걸리 넘어가는 소리가 나고 한식경이나 되었나?
그짓꼴거치 에미 소가 뿔껑 일어섰다

오매 곱똥쇠 냥반이 용허긴 용허네
넘어간 소가 뿔딱 인나 번지네
하따 인자 되얏네
저시기 저 에미 소가 쎄로 송아치를 할트능 거 봉게

로

쟈도 곧 인나거써

근디 아까막시 호박잎에 싸서 소한티 멕인 거시 머
셔?

늘매기디야

......

아 꽃비얌 말여

대한늬우스
—모롱지 설화 29

강력 냉방 절전 냉방 대우 쿨스윙 에어콘 제공 시보 아홉 시를 알려 드립니다.

삐리리 삐리비리 삐이이 땡!

다음 소식입니다. 이미 아침부터 보도해 드린 대로 광주사태는 오늘 계엄군이 진입을 해서 일단 평정이 돼 가고 있습니다. 계엄사 발표를 비롯해서 오늘의 광주의 표정을 김광철 기자가 종합해서 전해 드리겠습니다.

계엄사령부는 오늘 오전 세 시 삼십 분부터 군병력을 광주 시내에 투입해서 도청과 공원 등지에서 저항하는 무장폭도들을 소탕하고 오전 다섯 시 십 분쯤 시내 일원을 완전 장악했으며 치안 유지를 위해서 이 지역의 출입을 통제하고 있다고 밝혔습니다. 이들 무장폭도들은 오늘 새벽 군 투입 시 총기를 버리지 않고 총격으로 계엄군에게 끝까지 저항한 자들이며 계엄군이 광주에 새벽에 진입하자 과격파 난동분자들은 계엄군에게 응

사하면서 맞섰고 새벽 세 시쯤에는 여자 폭도 한 명이 지프차를 타고 시내를 돌며 계엄군이 쳐들어오고 있으니 함께 모여 싸우자고 마이크로 소리를 쳤으나 대다수 시민들은 아무런 반응도 보이지 않았다고 합니다. 계엄군이 진입하는 동안 새벽 네 시 경 저항하던 폭도들이 무기를 버리고 주택가 쪽 양동과 산수동 방향으로 달아났습니다. 계엄군은 국민의 생명과 재산을 보호하는 국민의 군대로서 조속한 시일 안에 법과 질서 회복을 위해서 최선을 다하고 극렬 난동분자를 제외하고는 관대하게 처리하기로 했습니다. 계엄사령부는 또, 많은 폭도들이 투항하여 생명을 보장받았으니 폭도들을 숨겨 주지 말고 신고해 줄 것을 당부했습니다

골마리춤에 라디오를 차고 둠벙뵈미에서 괭이질하다가 춘삼이 아자씨가 그랬다

요시롱 캥이다 이 도적노모 새깽이덜아

배추흰나비 두 마리 괭이질하는 밭고랑 사이를 살방
살방 날며 놀던 어느 봄날이었다

혼불
―모롱지 설화 31

할아버지와 나는 마룽에 앉아 있었다 어스름하게 어
둑발이 내리는 초저녁 무렵, 해가 지고 난 뒤에도 햇살
은 잔자락이 남아 있어 사물이 희끗새끗 보일 듯 말 듯
한 그날 저녁, 아버지는 모깃불을 놓을 쑥대를 모아 불
을 지피고 마당에 멍석을 깔아 저녁 먹을 준비를 하고
계셨다

어스름을 뒤로하고 불덩이 하나가 텃뵈미 건너 몽실
이네 집 지붕을 넘어 저녁 하늘로 날아올랐다 불덩이는
동네를 내려다보듯 잠시 허공에 머물다가 휙허니 우리
집 지붕을 넘어가 버렸다 크기는 농구공만 했고 동그랗
고 새까만 덩어리에 노란 불빛이 일렁이는데 꼭 횃불이
잉글거리는 것 같았다

얼래 저 집이 혼불 나간다
저시기 저 널러가는 것 좀 봐라
불빛이 노랜 것이 나이 든 냥반인디
인지 봐라
앞집 으르신이 돌아가셨능개비다

엄마는 아무래도 앞집에 가 봐야것다고 얘기를 하셨고 아버지는 기별 올 때까지 지다리야지 여편네가 자발시럽게 으르신 돌아가셨냐고 물어라도 볼라고 그려 하고 퉁생이를 줬다 들어 보요 저그 곡소리 나는 거 안 들리요? 아! 그려도 기다리란 말여 어쩌피 앞집 뒷집 코아핑 게 곧 기별 오지 안컷어? 나간 혼불이 앞집 으르신 것인지 학기네 으르신 집에서 나갔는지 여그서 봐서 어치케 알어? 긍게 잠자코 지다려 보란 말여

아버지 말하고 상관없이 동네 어른들은 저녁밥을 먹고 앞집 어르신네로 모여들었다 어르신 큰아들이 지붕 위에 올라 적삼을 흔들며 혼을 불러들였다

가끔 혼불이 잘못 나갈 띠가 있다야 그럴 띠는 저렇게 불러들이면 다시 돌아오기도 혀 아, 하가리 박새완네는 초혼을 헌 뒤로 혼이 다시 와서 돌아간 박새완네 아부지가 자리에서 벌떡 일어났당게로

모더락불
―모롱지 설화 33

이른 새벽, 동네 장정들이 차일을 치고 아짐들이 바늘쌈지를 들고 몽실이네 집으로 모여들었다 사랑채 안에서 미리 떠다 놓았는지 삼베 몇 필을 가위로 자르고 뚝딱뚝딱 베옷을 지어냈다 건을 짓는 아짐, 저고리를 짓는 아짐, 치매를 꼬매고 행전을 맨드는 아짐들이 자봉침을 돌려댔다 대리미에 숯불을 담아서 갓 지은 옷을 대려 살강에 채곡채곡 얹어 놓았다 몽실이네 아버지와 삼춘들이 문상객을 받으면서 아이고 아이고 곡을 하는 것이 재밌었는지 동네 꼬맹이들이 허리를 굽히고 연방 숭내를 냈다

야이, 잡녀러 자석덜아!
헐 일이 읎어서 곡소리 숭내를 내냐?
이 싹동머리 없는 늠덜 저리루 안 가냐?

마당 한편에서는 부석작을 쌓아 소두방을 엎어 놓고 지지미를 부쳤다 아짐들은 뒤야지 괴기를 통째로 삶았다가 썰어서 상에 내느라 분주했다 숭내를 내다 쫓겨온

50

꼬맹이들이 채반에 널어놓은 지지미를 슬쩍슬쩍 주위
먹어도 꿀밤 주는 시늉만 하고 모르는 척 눈감아 주었
다 꼬맹이들한테는 상갓집이나 잔칫집이나 눈치껏 얻어
먹고 배부르기는 매한가지다

야, 이게 왜 윷이여? 모지
아니 살짝 걸쳤는디?
비스듬허니 누웠응게 윷이 맞당게로
내나 얘그헝게로
먼 새똥빠진 소리를 허고 자빠졌디야
차말로 에설읋네 야가 자빠졌는디
되씨버졌는지 늬가 어치케 알어

윷놀이를 하던 동네 삼촌들 사이에 쌈이 났다 참다
못한 굴건제복을 걸친 몽실이네 막냇삼춘이 지팽이를
들고 쌈하는 사람들을 두들겨 팰 듯이 휘둘렀다 그 기
세에 윷 놀던 사람들이 깜짝 놀라서 물러서자 안동네
백칠쇠 냥반이 손을 휘휘 저으며

아! 막가지 함부로 휘두르지 말랑게로
막가지가 어무니인 것이여
살아서 효도 암만 히도
돌아가신 냥반한티 불효하믄 못쓰는 거셔

　그러거나 말거나 마당 한쪽 모더락불은 토시락토시
락 밤새 혼자 타들어 갔다

연옥분
―모롱지 설화 35

   농사일이 바쁜 철이라 아침이 되자 밤새 문상을 하고
상가를 지켰던 동네 사람들이 아칙 조반을 먹고 논밭으
로 나갔다 물꼬를 보고 기심매러 나간 뒤 마당은 해 떨
어진 장마당맹키로 한산했다 동네 아짐 몇이 밤새 어지
러진 마당을 치우고 진태미를 모아 부석짝에 태웠다 개
중에는 밤새 윷을 놀고 술을 마시다가 멍석에서 잠을
자는 사람들도 있었다 아짐들은 모다 깨워 밥상에 안쳐
놓고 밥을 채려 줬다

   아이고오 복순이 성님
   우리 성님 은공을 내가 어찌 잊을 거서
   어지끼 꿈에 우리 성님 오셨드니
   호게나 히서 와 봉게로 펄쎄 가셨쁜겠네
   온다 온다 흐다가 우리 성님 가신 두여 왔네
   아이고오 이년이 물짠년이여

   근디 저 할매는 누구댜? 나도 몰라 아까막시 대문을
열고 들오는디 신발을 양손에 쥐고 버선발로 뛰들오드

랑게 근디 상주덜이 설뚝멀뚝헝거 봉게로 한 집안사램
은 아닝개벼 아 근디 먼 상주보다도 더 스룹게 운디야
차말로 꾀꽝시럽네잉

  이집 맏상주 뱅도는 으디 갔는가
  나는 징기서 온 연옥분이여
  복순이 성님 애리서 포목집을 헐 띠
  내가 애보개로 들어가 살었어
  심바람 잘허고 회기 잘 본다고 겁나 이뻐 허시고
  내 동상덜까정 다 맥이살린 분여
  우리 성님 석골로 이사 갈 적으 한번 히 보라고
  포목집도 넹게주고 가셨당게로

  오매! 옥분이 이모 아녀? 어찌 알고 오셨어라우

  어지끼 꿈으 복순이 성님이 백설 가튼 모시옷에 핑
상 안 흐던 쪽을 지고 방에 들오드랑게로 으짠 일이냐고
물어도 한매디도 안 허고 웃목에 안자 기셔서 깨고 봉

게로 돌아가신 거 가터서 새복밥 먹고 오는 질여

　아이고! 내가 업어 키운 뱅도가 인자 반백이 다 되야
부렀네 가는 시월을 으찌야 쓰꺼나

옹구락진 명길이
—모롱지 설화 37

　아침 일찍 모새끌 끄트매기 상엿집에서 상여를 가져
다 마당 안 구석탱이에다 놨다 매번 상두꾼 노릇을 허
는 길상이네 아버지는 상여를 붙잡고 흔들어도 보고 이
구탱이 저 구탱이 매듭도 손보고 광목베를 가져다 머슬
해쌌는지 부산했다 울긋불긋한 만장들이 대낭구 바지
랑대에 묶여지고 나자 상여꾼들이 달라들어 상여를 뿔
껑 들어 올렸다 길상이네 아버지가 핑경을 들고 앞장서
자 상두꾼들이 제자리에서 상여를 앞으로 뒤로 흔들었
다

　불쌍허고 불쌍허네 배들이떡이 불쌍허네
　핑생을 고상고상 북망산천 떠날라네
　어어노 어어노 어어노

　아 어서덜 노잣돈 쩸매덜 노랑게로
　인지 마지막 가는 길잉게로 아깝다고 생각덜 말랑게
로
　산내끼 새로 찡궈 노먼 되야

하따, 이 지비 막냇사오가 차말로 경오지네
그르케 꾸적꾸적히서 찡굴 필요 읍서

상주들이 상여 앞 산내끼 발에 노잣돈을 찡궈 놓자
상여가 나갔다 담배락 너머로 동네 아짐들이 오게조게
뫼야 서서 눈물을 훔쳤다 상여는 정지낭거리 앞에서 거
르막 제를 지낸 뒤 산길을 따라 땡그랑 땡그랑 핑경을
흔들며 갔다 상주들이 뒤따르고 동네 삼춘들이 만장을
들고 따라갔는데 만장이 남으면 동네 앳덜도 하나씩 들
고 갔다

상주덜이 오기 전으 싹다 씨서리 끝내 놔야 혀 아, 부
석작하고 솥단지덜은 나두어 국거리 올려놓고 밥은 한
솥단지 히 놔야지 산일 갔다 오먼 배고픈 거셔 싸게싸게
덜 움적거리고 우덜도 밥 묵세

상여가 나간 뒤에도 동네 아짐들은 집 안 곳곳을 정

리하고 상가 허부래기들을 가져다 태웠다 만장을 들고
상여를 따라갔던 맹길이는 삼베 만장 하나를 얻어 갖고
왔다

　야는 뭐슬 히도 옹구락지당게로
　으지가지가 읍서도 밥 굶고 살 아그는 아니당게로

정지낭거리
—모롱지 설화 39

늙은 정지낭이 있는 깔끄막 너머를 정지낭거리라고
불렀다 중풍이 왔다 가신 뒤로 몸을 잘 못쓰는 할아버
지는 아침마다 주렁을 짚고 정지낭거리에 와 낭그늘에
앉아 하루를 보냈다 오뉴월 해는 연둣빛으로 물든 낭
구 잎사구 새로 살을 간간히 비춰 적당히 땃땃했고 한
여름에는 낭구 잎사구가 하늘을 덮어 그늘이 시원했다
오가는 사람들이 할아버지한테 안부를 묻고 할아버지
는 근처에 논일하는 사람, 밭일하는 사람들하고 얘기를
주거니 받거니 소일했다

정새완 으르신 나와 계시써라우?
어, 자네는 먼 일로 그리 바삐 길을 가는가?
쟁기 보습이 부러져서 새늠 팔러 가는구만요
요즘 긴지랑 잘 드시지요?
아, 나사 밥 잘 묵고 잠 잘 자고
걱정헐 그시 읎네

그나지나 백중이 낼모레여

못자리에 씻나락 삐고 논으 물잡을 띠가 되얏네
올흐는 공달이 들어서 젤기가 늦웅게로
보리타작을 서둘러야 혀
장매 오믄 애써 숭근 보리 다 썩네잉
단오 오기 전으 타작 끝내고 쟁기질을 해 놔야
모넬 때 써래빨이 잘 들어간당게로

한여름 소내기는 구름도 모르는 것이라 마롱에 엎드
려 숙제를 하던 내가 고개를 들었을 때, 마당은 빗물로
냇깔을 이뤘다 나는 서둘러 우산을 들고 깔끄막을 넘어
정지낭거리로 뛰어갔다 한참을 뛰다 보니 멀리서 말째
고모가 우산을 쓰고 할아버지를 부축해 오고 있는 게
보였다

장에 가서 시할매 제사 장 봐 오는 길이라고 했다

샛밥
—모롱지 설화 41

샛때가 돼서 샛거리를 먹을라고 논일 밭일하던 놉들
이 뫼는 장소도 정지낭 그늘이었다 주인 아짐들이 샛거
리를 이고 오면 일하던 놉들이 기심을 매다 말고 모여들
고 정지낭 그늘은 금방 샛밥을 먹는 사람들로 분주했다

물외소곰지는 팥니네 지가 치고지
아삭아삭흐고 달짝지근히야 지맛이 나벌지
핫다, 조앙니네는 잔새와젓을 다 놓았네
이 귀한 새와젓이 으짠 일이디야
옴마, 벌써 돗너물지도 나왔능개비네
언지 가서 후딱 무쳐 왔어?
부지런딴딴이 강실네 거시네
이 강덴장은 누구네 거셔?
짭조름험시로 들큰한 거시
덕니네 거시 맞고만
앙겨 박새완 냥반댁 장메누리 솜씨고만 그려
메누리 재금 내놨다드만 덴장 맛은 여전허네
먹어 보믄 바루 안당게로

어이, 일루 와 한술 떠
아 모지리면 모지린 만큼만 묵으면 돼야
막걸리도 한 사발씩 허고
요놈 한잔 묵고 땀 쭉 빼 버리면
산삼 묵은 것보다 낫다는 말이 있어

    학교 갔다 집에 오던 앳덜을 모아 남은 찬거리를 넣고
고추장 한 수꾸락에 들지름 한 방울 쳐 비벼 주느라 주
인 아짐들은 여전히 바빴다

    여름 햇살을 받아 하늘거리던 정지낭 잎사구들이 초
록 그늘 안쪽으로 폴짝폴짝 뛰어내리고 있다

정지낭 삼시랑
—모롱지 설화 43

당산모탱이 살던 은실이네 외할매는 삼월 삼짇날이
면 시오리 길을 제물을 이고 와 둘째 딸 덕남이가 아들
을 낳게 해 달라고 정지낭 앞에서 치성을 드렸다 열야답
살에 시집가서 십 년 동안 딸만 내리 다섯을 둔 은실이
네 이모는 아들을 낳을라고 첩실까정 들이는 것도 모지
라 아예 안방까지 내줬는디 첩실도 이태 동안 딸만 둘
을 뒀다

비나니다 비나니다 삼시랑님 전으 비나니다
불쌍한 우리 딸 득남이
딸만 일곱인디 지발덕덕 아덜 한나만 점지해 주씨요
잘못이 있으면 지를 벌주시고
우리 딸 득남이 지발덕덕 목심 좀 살려 주씨요
딸만 일곱인디 인지 지발 아덜 한나만 점지해 주씨요

서방늠이 소박을 놓아 득남이가 당산모탱이로 쬐끼
왔다네 아덜 못 놓는다고 첩실까지 들있다믄서 아즉도
못 놓았디야? 딸만 일곱인가 야달인가 글타야 득남이가

애리서부터 차갰는디 안씨럽네 아, 근디 소박맞은 딸내
미 성굴 필요 읎다고 당장 돌아가 그 집 구신 되라고 득
남이네 아부지가 보따리 싸서 내보내 번졌다네 글씨

　득남이가 쬐끼난 설움에 죽어번진다고 산내키 한발
을 들고 당산낭에 올라가 목을 걸었다드라고 근디 말여
목참을 발로 찰라다 봉게로 아랫배가 뽀속허드리야 그
리서 손을 꼽아 봉게 몸잇것이 석 달이나 넉 달이나 안
비쳤는디 쬐껴난 처지에 죽고만 싶어서 생각도 못 힜다
드랴 즈곰마헌티 미련헌 년이라고 퉁생이 먹어감서 몸
풀어서 떡흐니 아덜을 놓았다지 정지낭 삼시랑님이 아
덜을 점지해 줬다고 다들 말덜을 안 힛쌌어? 그리서 어
찌 됬디야? 아, 꽃개마 타고 즈이 집으로 돌아갔지 아조
씨미 씨애비 입이 구에 걸렸다드만

　그늘에서 샛밥을 먹는 동네 아짐들 사이로 바람이
환하게 웃으며 지나가는 것을 정지낭이 말없이 지켜보
고 있다

물외 농사
—모룡지 설화 45

저지비 텃뵈미 물 대는 거시 고닥새 비 오거써
이잉 그러네 정새완 냥반 물꼬 트는 거 봉게로
이차므 비 오게 생깃고마닝 쪼께만 더 지다리면 쓰것
당게로

동네 아짐들이 웃거나 말거나 넝쿨이 타고 올라간 윗
대에 물외 잎삭들이 힘 빠진 할매 손구락맹키로 처지기
시작했다 아버지는 삽을 들고 자랫골 시암방죽 위로 올
라갔다 집앞 텃뵈미는 자랫골 뽁대기에 있는 방죽에서
하참 밑이라 물을 대려면 꼴짝 층층 다랭이논 임자를
만나 허락을 맡아야 했다

아 긍게 이 술 한잔 받어
물외 농사 다 말라 죽게 생겼당게로 물꼬 좀 틀어야
쓰것어
아 이 사램아 니얄모리 모 숭굴라고 써레질까정 다
히놨는디
물꼬를 틀라고 허믄 시방 어쩌랑 거셔?

성님, 시암방죽 물이 아즉 꽐꽐 나옹게로 사정 한 반
만 봐주란 말여

  막걸리 댓병을 들고 가 논임자마동 사정을 해 가면
서 아버지는 물꼬를 다랭이논을 따라 요리 막고 조리 돌
려서 물을 끌어왔다 텃뵈미에 물이 꽐꽐 흐를 때쯤 아
버지는 이미 술이 거나하게 취하셨다 물이 들어간 물외
밭엔 오뉴월 더우에도 금방 잎사구들이 하늘 떠받드는
당골네 손바닥모냥 쫙쫙 펴졌다

  와따메 먼 물외가 말좆맹키로 쭈욱 쭉 커진다냐
  정새완 냥반이 물꼬 틀고 온 바람이 있네 바람이 있
어
  약강으 물외를 내믄 돈 좀 받었어

  물외가 쑥쑥 크자 아버지는 저녁마동 물외를 따서 달
구지에 실코 가 시내 남부약강에 냈다 하녀를 뿐여 하녀
를 지나믄 장매가 시작되지 안컷어? 동네 아짐들 말마

따나 열흘이 지났나 열하루가 지났나 장맷비가 내리기
시작했다 인자는 물외밭 물창들 걱정하시는 아버지가
풋고추를 된장에 푹푹 찍어 가며 막걸리를 드셨다

장마
—모롱지 설화 47

    아침절 내내 같이 일을 하고도 먼저 집에 들어온 엄마는 뒤안 옹다리시암 가서 등목을 하고 정지에 들어가 점심상을 채렸다 아버지는 텃밭에 들렀다 오는지 얼맹이 가득 풋고추를 따 왔다

    꽃찰메로 꺼먹 구름 들으가는 거시
    큰비 올랑개비다
    장매 씨서리버텀 히얄랑개벼
    후딱후딱 정심덜 먹고
    집 앞두여로 비 들이칠 것들 성궈다
    고항에다 들여야 쓰것어
    야야 어서덜 서둘러야것당게로

    풋고추를 강뎬장에 찍어 점심을 드시던 아버지는 풋내가 난다고 먹던 고추 몇 개를 상 옆에 내놓았다 씨끄럽던 매미 소리가 잦아들면서 주변이 어둑해졌다 하늘이 먹구름으로 가득해지는가 싶더니 비가 내리기 시작했다 밥을 드시다 말고 엄마와 할머니는 집 안팎으로

비가 들이치는 처매 밑이며 장꽝과 고항 앞뒤를 돌아댕기며 씨서리를 하시고 아버지는 삽을 들고 물꼬를 보러 서둘러 나가셨다

성! 이 꼬추 한번 먹어 보자
아부지가 안 맵다고 했자녀
안 되야 커일 나
아리께도 아부지가 안 맵다고 내논 꼬추
먹었다가 매워 죽을 뻔했당게로 먹지 말랑게로

동생은 점심상 위에 내논 고추를 강덴장에 푹 찍어서 한입에 와득 씹었다 숨을 꼴딱 생키며 동생을 바라보는디 처음에는 암시랑토 안 헌 것맹키 밥 한 수꾸락을 떠 먹었던 동생이 느닷없이 입을 호호 불면서 찬물을 마셨다 동생은 장맷비 속을 토끼 새깽이맹키 폴딱폴딱 뛰어다녔다

3부
요시롱 캥

요시롱 캥
―모롱지 설화 49

요시롱 캥이라는 말이 안 있드냐? 옛적에 동네 두여
항방산에 여시가 한 바리 살었드란다 아 근디 이늠이
잊어버릴락 허먼 한 번씩 동네 달구새끼덜을 물어 가는
통에 동네 사램덜이 약이 바짝 올랐디야

그날도 해도 안 떴는디 달구새끼덜이 하도 씨약을 질
러싸서 옹새완이란 냥반이 나가 봉게로 여시란 늠이 달
구새끼 한 바리를 물고 가고 있그든 너 이노무 자석 잘
만났다 그러찬어도 내가 지다리고 있었다 저늠을 잡아
서 여시 목두리를 맨들어 버리야 쓰것고만 허고 씩씩거
리며 몽낭구를 챙기는디 아! 여시란 늠이 달구새끼를 물
고는 도망도 안 가고 빤히 옹새완을 치다보드리야 부야
가 나서 지겟작대기를 들고 안 쪼차갔것어? 산뽁대기를
하나 넘고 두 개나 넘어서 한참을 쪼차가도 여시란 늠
은 도망가다 츤츤히 가고 또 거즘 잡았다 싶으면 또 쏜
샐같이 도망가고 그르드리야 숨이 턱까지 차올라서 헬
딱거링게로 도저히 못 쪼차가것드리야 아 근디 그띠 그
여시란 늠이 도망가다 말고 멈치 스서 쓱 돌아다봄시로

'캥' 하고 웃어 번지드리야 그거 보고는 기가 질려서 옹새완 냥반이 뒤도 안 보고 돌아와 번겼디야

　그 두여로 모롱지서는 고지가 안 드끼는 소리를 흐거나 택도 없는 짓꺼리를 부리면 '요시롱 캥이다 이늠아' 그러는 거셔

　안다니 박사, 안수 삼춘은 참 아는 것도 겁나다

한물
─모롱지 설화 51

　장마가 와서 한물이 지면 중우를 물팍까지만 걷어도
건널 수 있는 냇깔이 하루달브게 불어났다 사시사철
흐르던 맬강물은 금방 노란 꾸정물이 되고 조앙니 할매
집이나 오순이네 집마니로 냇깔 가상 가찬 집들은 안마
당까지 물이 들어왔다 장맷비가 장꽌 끈치면 동네 앳덜
은 바지랑대에 뜰망을 달어 섶다리로 뛰어갔다

　야! 저그 호박 떠널러온다
　오매, 저곳 좀 바라야
　저늠은 저그 야구꽁 가튼디 아녀, 복상 가터
　중인리 복상밭 낭구가 찢어졌능게벼
　하이고, 신발짝도 떠널러오네
　한번 건저 봐라잉 이짝으로 밀어
　저시기 저곳은 누구네 집 삽짝이디야?
　함물 져서 삽짝이 다 뜯겼능게벼
　저시기 저그 뒤야지 새깽이 아녀?
　하따, 살컷다고 꽥꽥 소리침서 시엄치는 것 좀 바바야
　야! 뜰망 가져와 봐 저 뒤야지 새깽이 건지 보게로

오매, 똘똘허네 사램을 알아보고 이짝으로 시엄쳐 오
네

물이 넘실거리는 섶다리 위를 뛰어댕김서 건져내는
것들은 대개 아모 쓸짝 없는 진태미 뽀시래기거나 쓰다
버린 물견들이지만 개중에는 쓸 만한 것들이 있어 고것
을 건진 앳덜은 큰 보물이라도 건진 듯 뿌듯해했다

얄뜰아 그만 나오니라 떠니리오는 것 건지 보것다고
허다 니덜이 떠니리가것다 아 얼름 나와

불어난 물살을 이기지 못한 섶다리가 물 건너가는 물
뱀 허리맹키로 좌우로 비틀거리며 끽끽대다 큰 울음소
리를 내면서 떠닐러가기 시작했다

장마 씨서리
―모롱지 설화 53

　장맷비가 그치고 나면 동네 사람들은 장마 씨서리를
하느라 바빴다 흙탕물을 뒤집어쓴 장꽝 항아리들도 깻
까시 닦아내고 젖은 써래, 쟁기 같은 농기구에 종다래
끼, 삼태기, 지게 바작, 닭기둥가리, 가마니때기 덕석에다
이불 홑청까지 뜯어서 말렸다 또망에, 부석작에 든 물
을 퍼내느라 동네 아짐들과 아자씨들이 분주했다

　아, 모롱지 사램덜 말여
　요참 장매에
　송아치 한 바리 안 띠내리왔능가?

　송아치는 못 봤는디

　(뒤야지 새깽이 한 바리는 띠내리왔는디)
　(이걸 말혀? 말어?)

　그러믄 못쓰는 거여
　다, 쥔이 있는 거신디

송아치는 못 봤고
뒤야지 새끼 한 바리는 건져 냈소

  점심녘에 마전 송새완 냥반이 뒤야지 새끼 찾으러 옴
서 고기 서 근을 끊어 가지고 왔고, 송아치를 잃은 중인
리 냥반은 냇깔을 따라가믄서 가리내 수문까지 가 보
것다고 내려갔다 마을 어른들은 떠널러간 섶다리 말목
이라도 찾는다고 추천대 수문에 말 달구지를 끌고 갔다
가 해 질 녘이 다 되어서 말목 여나믄개와 다리 판대기
를 건져 왔다 다음 날 냇깔 앞 갱변에 물기 말린다고 널
어논 다리 판대기 위에서 앳덜은 또 철없이 뛰놀았다

  해가 쨍쨍 내려쬐기 시작했다

꽃 받쳐 줄게
—모롱지 설화 55

　다리가 장마비에 떠내려가면서 쳀로 큰일은 동네 알
뜰이 학교 가는 일이었다 조금 큰 앳덜은 아침부터 꾀
를 벗고 옷가지와 가방을 머리에 이고 냇깔을 건넸지만
어린 동생들은 어쩔 도리가 없었다 죽나 사나 아무리
바뻐도 학교 가는 알뜰을 둔 부모들은 업어 건네주거나
꽃을 받쳐 건네줬다

　아, 옴마 바쁘니께
　늬가 동생 좀 업어다 건네줘
　핫다, 옴마 그러다 미크러져 빠지기라도 하면
　동생도 나도 학교 못 간당게로
　아리께 성구이 성이 성녀리 업고 가다
　넘어져서 떠널라가는 것을
　벵석이네 삼춘이 포도시 건져 줬당게로
　맨날 냇깔서 시엄치지 말라고 험서
　옴마는 어쩔라고 그려
　야 이노모 자석아 너는 키가 한질이나 덜썩 크자녀
　고까짓 쨰깐한 냇깔 한나도 못 건네다 주먼

묵은 밥이 애깝다

한바탕 소란했던 냇깔이 조용해지고 새떼맹키로 조 잘대던 알뜰 목소리도 잦아들었는데 뒤늦게 참살백이 사는 순이가 냇깔 가상에서 서성이고 있었다 거진 매일 맹숙이네 삼춘이 항꾼에 건네줬는데 오늘은 늦잠을 잤 나 보다

꽃 받쳐 주꾸나?

냇깔 옆에서 소깔을 비던 남춘이 성이 밀짚모자를 벗 고 일어서자 순이가 볼이 발그레져 고개를 숙였다 서녘 하늘에서 낮달이 희미하게 웃었다

송장시엄
—모롱지 설화 57

장마가 끝나고 칠월이 되면 학교 갔다 돌아오는 애들
은 건너편에서 옷을 벗어 책가방째 머리에 이고 냇깔을
건너왔다 몇몇은 내친 짐에 냇깔 푸섭 위에 책가방을 던
져 놓고 물속으로 뛰어들기도 했다 물장구 시엄을 쳐서
애들이 가는 곳은 뱀장소 거북바우였다 물속 지피가 어
른 키를 훌쩍 넘겨 발이 닿지 않았지만 자맥질로 숨꾸
내기를 하며 더운 몸을 식히고 놀다가 냇깔 바대기 모새
끌을 더듬어 가며 대수리나 말조개를 잡아다 바우 위
에 널어놓기도 했다

아따, 아깨는 더웠는디 인지 쪼매 춥다잉
추우면 바우 우그로 올라가랑게로
물속에 오래 있으면 넙덕단지에 쥐 난당게로
쥐 나믄 송장시엄 치면 되야
요로케 송장맹키 하늘을 보고 둔너
허부적거리지 말고 패나니 둔너서
팔만 내둘내둘 허믄 가라앉든 않응게
물에 빠져서 물먹고 죽을 일은 없당게로

야! 근디, 이 자리가 석찬이 성 빠져 죽은 자리 아녀?
기여, 근디 재수없게 애그냐고
애? 물구신이라도 나와 잡으땡낄깜시롱?
그려서 겁나부냐?

갱변 언덕에서 어른들이 애들을 불러댔다 학교 갔다
올 때가 되얐는디 안 옹게로 점심 먹고 쉬다가 나와 본
것이다

빨리, 안 나올래
거그 그 자리가 물구신 나오는 자리여
존말로 헐 때 언늠 나와
아 얼름 나와
늬가 정녕 매차리 맛 좀 볼 텨?

워너니 이노모 자석아
물강구사리 허고 있을 줄 진지기 알고 있었다

꾀벗고 주춤주춤 나오는 애들 등짝을 아짐들은 손바닥으로 사정없이 뚜디려 팼다

물속을 걷는 새
—모롱지 설화 59

물속에 새가 있드랑게로
야 이 벙퉁아 새가 하늘을 널러댕기야지
어치케 물속에 있냐? 새가 막 시엄을 치냐?
앙그려 내가 봤당게로
냇가랑 옆으 둠벙 속으서 새가 뛰댕기는 걸 봤단 말
여
막 쏜샐같이 뛰댕기면서
꼰자리를 쪼차가서 낼름 잡아묵고 그릿당게로
느릉거 갱변 모새 바탕서 새알 줍다가
헛것을 봤능개비구만
아니당게로 내가 두 눈으로 똑바로 봤단 말여
얼매나 크간디 그냐?
쪼깐혀 쩨깐 제비 새끼맹이로 생겼당게로
차로리 귀 달린 비암을 봤다고 히라
청무기 새갱이를 봤다고 흐든가
너울너울 꺼머리맹키로 시엄치데?

뱀장소 근처서 물강구사리를 치다 말고 모새바탕에

몸뚱이를 파묻고 놀던 앳덜 사이에서 말쌈이 났다 동인이는 물속을 걷는 새를 봤다고 허고 앳덜은 공갈치지 말라고 허고 그때, 앳덜 중 하나가 으디서 봤냐고 한번 가 보자고 했다 앳덜 여남명이 도독괭이맹키 갈숲을 헤치고 간 둠벙 속에는 뭐셔? 시방! 한나가 아니고 서너 바리가 물속을 빠르게 뛰댕기며 곤자리 떼를 쫓고 있었다

　내 말이 맞자녀 이씨

　……

　그럼 늬가 봤다는 귀 달린 비암도 실지로 있는 거 아녀?

　겁에 질려 영대가 나를 보며 물었다

뱀장소
—모롱지 설화 61

내가 달리 그러긋냐 거그가 뱀장소 아니냐
봐라, 아레께 석찬이 빠져 죽었지
그럭끼레도 시내 앳덜 놀러 왔다 조개 잡는다고 안
빠져 죽었냐?
느그덜 키도 안 담시롱
호랭이 삼시랭이 와도 뱀장소는 안 뒈야
거그가 보통 물구신 자리가 아녀
옛날서버팀 물 미티서 청무기가 머리끄댕이를 잡아
댕긴다는 말이 있어
앳덜이 같이 시엄치러 가자고 해도 결대 거그는 가지
마라잉 알았지야?

할머니는 뱀장소에서 시엄을 치며 놀다 온 나를 앉혀
놓고 걱정을 하시며 다른 듸서 시엄을 쳐도 거그는 안
된다고 다짐을 받았다

청무기가 심술을 부리건, 물귀신이 머리끄댕이를 잡
아댕기건 말건 간에 뱀장소는 자맥질하기도 좋고 발바

닥으로 모새끌을 볼바 모자를 잡는 일도 재미졌다 어
른들 눈을 피해 뱀장소 거북바우에 매달려 시엄을 치고
몸을 말리면서 하루 점드락 놀다가 해 질 녘에야 집으
로 가는 애덜도 있었다

시엄치기 시합 한번 허자
시, 시, 시, 땡!
타잔시엄으로 가장게로
아녀, 나는 송장시엄으로 갈란다
물살을 타고 가는 것이 더 빠릉게로
가매니 있어도 물살이 델꼬 가는 것잉게로

한참 시엄을 치다 고개를 들어 보니

오매! 거북바우가 눈앞에 있었다

별똥
—모롱지 설화 63

　저녁밥을 먹고 나서 모롱지 남자들은 목침이나 수건
하나씩을 들고 갱변 모새바탕으로 나갔다 어짜피 집에
있어 봐야 모구떼만 뎀비고 더우도 피할 요량이다 어른
들은 모새바탕 옆 바우 언덕에 옷을 벗어 놓고 앳덜을
데리고 물로 들어가서 모욕을 했다

　핫다 시원해붕거
　몰리 시엄치다 걸리믄 혼나는디
　여그서는 으런덜이 안 혼냉게 좋다잉
　야 발미티서 머시 발꼬락을 문다야
　아따미 아풍거 이거시 머셔? 시방!
　참기 아녀? 참기가 깨끼발꼬락을 물었네
　배때기를 손툽으로 찝어깜서 살살 글거
　안 그러면 안 노와준당게로
　야! 근디 발바닥에
　머시 또 미끄덩헝 거시 자꾸 볼핀다
　그거시 모자랑게로
　발꼬락으로 꽉 잡고 물속으로 들어가서 잡아 올려

모자하고 참기 열 마리만 잡어서 탕 끄리 먹자고 허
게로

알뜰아 물속으서 물방개사리만 치지 말고
젓탈 미티랑 새타구니 안짝도 깻까시 싯쳐야 쓴다
한축기 들먼 한여름에도 개주꿉재기 걸링게로 얼름
나와

물 밖으로 나온 애덜은 입술을 덜덜 떨며 모새 바탕
을 파서 몸뚱이를 묻고 둔녔다 점드락 달궈진 모새 속
이 땃땃했다 밤하늘에 쌀알 같은 별들이 쏟아지고 있
었다

야! 저그 빌똥이다
야! 느그덜 아냐?
저 빌똥을 주서 먹으먼 그르케 쫄깃쫄깃허고 마싯단
다
차말여? 그짓꼴 아니고 차말여?

누가 먹으 봤는디?

두룸박시암에서 누이들이 물을 찌클고 모욕을 하느
라 키득거리는 소리가 갱변까지 들리는 날도 있었다

황구렁이 울음
—모롱지 설화 65

상도 아자씨네 아들 이름은 개똥이었다 고사평 점순
이 누님한티 장개를 간 지 이태 만에 아들을 봤다는디
손이 귀한 집이라고 없는 살림에 백일 팥떡도 돌렸다

아가 나쓸 떡에는 고곳이 아 뽈따구에 콩알만 흐게
있었다드만 첨에는 다덜 점인 줄 알었지 근디 말여, 고
곳이 쪼께씩 커지믄서 지금은 얼굴 한쪽이 비얌 허물맹
크로 누디기졌디야 참, 밸일이 다 있다잉 어쯔서 아그 얼
굴에 비얌 허물이 씌었디야 아! 거 있자는가? 상도가 애
릴 적 동인이네 대밭에서 먹구랭이를 잡아서 쌀마 묵
었자녀? 동인네 할매가 잡으묵으면 커일 난다고 그르케
뜯어 말겼는디

아! 근디 상도가 장개간 두여부터 상도네 집 장깡에
웬 황구랭이 한 바리가 봄마다 와서 허물을 벗고 갔다
네 근디 이 황구랭이란 늠이 나 잡아 보라고 장깡 항아
리 우구서 빤히 사램을 치다보면서 허물을 벗었디야 틀
림없어 그 황구랭이가 죽은 먹구랭이 각시였등게벼 우

리 서방 잡아묵었응게로 아나 나도 잡아묵으라 그렁 거
지

뱅이를 해야 헌디야 용한 점쟁이한테 물음을 떠봉게
로 삼월 삼짇날 제물을 채려 놓고 개똥이를 꾀배껴서 대
빗자리로 싹싹 쓸어 주면서 잔밥을 매겨야 한다드만 그
려 긍게 머던다고 업을 잡아묵어 잡어묵기를

어린 개똥이는 어른들이 수군거리거나 말거나 해맑
게 웃으며 안방과 마롱을 기어다녔다 웃을 때마다 외약
뽈따구에 누디기진 비얌 허물이 따라 우는 것 같아 섬
뜩할 때도 있었다

수박 똥
—모롱지 설화 67

뭘 먹었간디 아덜떨이 피똥을 싸고 난리냐 배는 안
아픈 거셔? 차말로 갱기차녀?

엄마가 걱정스런 눈빛으로 나를 한번 동생을 한번 번
갈아 가며 쳐다보며 말씀을 하시자 아침밥을 먹다 말고
목이 칵 마쳤다 고개를 푸욱 수그리고 밥을 먹던 동생
은 폴새 얼굴이 벌겋게 달아올랐다

옴마, 얄덜이 열이 있능감네 얼굴이 불겋게 열이 올라
와야

안 되것다 느그덜, 오늘 하루 핵교 가지 말고 집에서
쉬어라잉
내가 앞집 몽실이헌티 핵교 선상님께 기별하라고 헐
랑게로

어른들이 밭일을 나가자 또망으로 달음질쳐 갔다 뻘
건 똥 트매기로 까무잡잡한 수박씨가 선듯언듯 보였다

짬째미 대막가지로 또망 속 수박씨를 콕콕 찍어 숨기느라 아침절 내내 바빴다

사실을 말하자면 나와 내 동생, 맹식이네 형제 합쳐 네 명이서 반꾕일날 저녁에 수박 서리를 해 왔다 진오네 수박밭에 가서 수박 한 뎅이썩 따다가 뱀장소 우그 산비탈에 감춰 두고 꾕일 내내 깨먹었다 애덜 네 명이 먹기에는 수박 네 뎅이가 겁났던 모냥이다 수박 서리도 서리지만 진오가 하두 수박밭 자랑을 해서 약 올리고 싶은 마음도 없지 않았다

진오란 넘은 우리가 수박 서리해 온지도 모르고 여전히 수박밭 자랑을 해댔다

알 먹고 꿩?

—모롱지 설화 69

옹다리시암 옆으 벌초허다 봐둔 꾸엉 둥지가 있어
알도 야달 개나 있드랑게로
알만 가져올라고 허다 봉게로
지영때 되믄 까투리란 늠이 알을 보듬으러 안 오것냐
오늘 정밥 묵고 나랑 대소코리 들고 가 보자
너한티 잡아 보라고 헐랑게로 맴 땐땐이 묵어라잉

저녁밥을 먹으면서 학기 삼춘이 해 준 말만으로도
나는 가슴이 벌렁거리기 시작했다

꾸엉 둥지가 있는 뫼똥 뿍대기 푸섭을 기양 놔두었응
게로 가망가망 기어가서 소코리로 푸섭을 후딱 덮으란
말여 글고 나서 소코리 미티로 손을 살쩨기 넣어서 까
투리란 늠 날개쭉을 콱 잡어 잡어서 두여 있는 삼춘한
티 주믄 되능 거여 꾸엉이 놀래서 납뛴다고 너무 꾀꽝
부리덜 말고 차분히 허란 말여 알았지야?

삼춘은 몇 번이고 다짐을 받은 뒤에 껌껌한 시암밭 고

랑을 먼저 걸어갔다 여그부터는 살망살망 기어가자는 말이 코에 걸린지 귀에 걸린지 알 겨를도 없이 기어간 뙤 똥 위에 삼춘 말대로 풀숲이 뙤똥허게 서 있었다 갖고 간 소코리로 풀숲 위를 후딱 덮었다

야 머더냐? 소코리 미티 손을 넣어서 날개쭉을 팍 잡으란 말여

말이 끝나는 순간, 손등이 불에 덴 것같이 아팠다 엉겁절에 손을 빼내는 틈으로 꿩이 푸드득 날아가 버렸다

갱기차녀 알은 챙겨 왔자녀? 꾸엉이 쉽게 잡힐 종 알었냐? 내가 재밌으라고 너한티 시킨 거셔

매급시 손등을 문질러대는 내게 삼춘은 어깨를 토닥 거려 줬다

구렁이 비
─모롱지 설화 71

내일이 소풍 가는 날인디 비가 왔다 애들은 교실 창
가에 비 맞은 단풍잎 쪼가리맹키로 매달려 니얄도 비
오면 못 가는 것 아닌가 걱정에 땅이 꺼졌다

야! 비가 오면 소풍은 어트케 가냐?
비가 와도 핵교로 와야 헌디야
핵교에 와서 뭐슬 허는디?
그냥 교실에서 정심 까묵고 논디야
보물찾기랑 콩쿨 대회는 어트케 허고?
교실서 헌당게로
보물은 그냥 핵교 여그저그다 숭켜논디야
내가 우리 성한티 다 들었응게로
숭켜노는 디가 다 정해졌디야

야! 느그덜 왜 우리 핵교가 해마동 소풍만 갈라고 허
믄 비가 오는지 아냐? 원래 우리 핵교 자리가 공동묘지
였단다 그 옛날으 핵교를 지을 적 운동장 맹글라고 땅
을 팠드니 해골박적하고 뻬다구덜이 겁나게 나와서 학

97

교 뒤여다 쌓아 놨다가 항꾼에 태워번졌단다

　아! 근디, 워떤 늘짝 한나를 열어 봉게로 빼다구는 없
고 흰 구랭이 한나가 똬리를 틀고 있드리야 그리갖고 소
사 아자씨가 깜짝 놀래서 꼭깽이로 그믐 대가리를 콱
찍어 죽여번졌는디 아 이늠 대그빡서 허연 피가 한 다란
니 넘게 나왔단다 그 두여로 해마동 소풍날을 잡아 놓
면 억울하게 죽은 구랭이 혼이 울면서 비를 내린디야 잘
들어 보믄 구랭이 우는 소리가 들린디야

　금방 그친다는 비는 밤이 깊어도 그치지 않았다
　일 갔다 온 엄마는 정지방에 앉아 늦도록 김밥을 싸
고 닥알을 삶으셨다

　아! 어서 자 늦잠 자다 소풍날 지각허것다
　잠이 오지 않는당게로
　비 와도 핵교 오라고 했당게로

어서 자랑게로
그러다 소풍 못 간 앳덜도 있어

엄마 잔소리에 빗소리를 듣다 얼핏 잠들었다 잠깐 눈
을 떠 보니 문밖이 훤했다

해가 꽃찰메 위로 뿔껑 솟아 있었다

4부
잔밥각시

잔밥각시
—모롱지 설화 73

동인네 할머니는 뒤안 옹다리시암서 찬물로 모욕을
하고 동백기름을 발라 쪽을 지은 다음, 흰 모시저고리
치마를 채려입었다 점순이 누나는 개똥이를 꾀배끼고
입었던 옷으로 됫박을 감쌌다 됫박에는 추석 때 쓸라고
훑어 쪄 말린 올기쌀이 들어 있었다 할머니는 됫박을
개똥이 외약 뽈에 문지르면서 잔밥을 맥였다

영검한 잔밥각시 전으 빌고 또 비나니다 어리석고 답
답한 머거죽이 상도늠 연전 대밭서 허지 말랑게로 업을
잡아묵고 말았어라우 오널 외약뽈 비얌 허물 누디기진
것이 다 업 잡아묵고 동투 난 것 인지사 알았응게로 미
련헌 빈차리 개똥이 아부지 차말로 착하게 살랑게로 황
구랭이 먹구랭이 다 불러다 잔밥 조께 맥여 주시고 불
쌍한 개똥이 뽈따구 난 비얌 허물 잠 거둬 가소서 영검
하고 신묘한 잔밥각시님 전으 비나니다 지발덕덕 잘 타
일러서 구랭이 원혼 물러가게 하옵소서

황구랭이 너도 듣거라 늬가 낭군 잡아묵었다고 심술

부리는 심사 왜 모르것냐? 나도 스물야답 살에 청상이
되았응게로 늬 설움 잘 안다 아그한티 해꼬지헌다고 죽
은 낭군이 살아 돌아오는 것도 아닝게로 너도 헐 만큼
했응게로 이 잔밥 덜컥 묵고 가서 다시는 오지 말그라
다시 오면 작두칼로 세닐곱 스물한짝 토막을 내놔번질
랑게로 토막을 내서 무쇠둠벙에 가둬번질랑게로 너도
늬 서방 잊어불고 멀리 가서 잘 살으라 설움도 시절이 가
면 인연이 되는 것잉게로

　잔밥 맥이기가 끝나자 동인네 할머니가 개똥이 옷을
클러서 됫박을 열었다 잔밥각시가 어디끼 쌀을 먹었는
지 볼라고 사람들이 모여들었다 잔밥을 맥이는 동안, 찰
깍찰깍 소리가 나는 거시 먹구랭이 혼이 잔밥을 먹었능
갑다고 동네 사람들이 어새두새 말들을 해쌌다 상도 아
자씨는 한쪽 구석에서 담배만 뻑뻑 펴댔다

　장꽝 뒤 대숲에서 울음소리가 들렸다 꼭 유리병에 입
술을 대고 불어대는 병퉁소 소리 같았다 울음은 낮고

길게 이어졌다

　작약 나무 그늘 밑으로 움쩍움쩍 사라지는 황구렁
이 서러운 몸뚱이가 보였다 대숲이 가을 햇살을 받아
반짝이는 누런 등짝을 가려 주는 것을 늙은 삽살개가
무심히 바라보았다

긴 양말 의찬이
—모롱지 설화 75

이그자가 거그자여?

서울서 전학 왔담시로 저그자가 긴 모냥이고만 의찬
이는 남색 웃두리에 띠빵을 멘 반중우를 입고 파란색
긴 양말을 신고 있었다 책상 앞에 얌전히 앉아 있는 의
찬이 앞에 애덜떨이 뫼아들었다 옴마, 이그자 멀크락은
똑 박적 덮아씌운 거 같다잉 어따, 서울 사램이라 그런지
깨꼬롬허다잉

너, 으디 핵교 댕기다 왔냐?
불광국민학교! 은평에 있는 학교야

은평이 으디 있는지?
서울시 은평구 불광동 272 다시 2번지

야! 늬는 은평이라고 허믄
고곳이 서울 어느 짝에 붙었는지 알어?

야! 느릉거는 남산 가 봤어?
야! 글먼 느릉거는 남대문도 가 봤것다잉?
남대문이 어치케 생겼는디?

반 애덜떨은 의찬이에게 이것저것 물어보다 말고 즈
덜떨끼리 싸우다가 또 의찬이를 둘러싸고 궁금한 것이
그리 겁난지 물어들 봐쌌다

늬넌 인자 커일 나부렀다
산수 시간이 얼매나 무서운디
받아쓰기 잘못하면 하나 틀린 디
한 대씩 대뿌랭이로 맞는다잉

반꿩일날이면 늘 의찬이는 정지낭 뾱대기에 기어올
랐다 서울서 일한다는 아버지를 기다린다고 했다 앳덜
은 긴 양말 의찬이가 고닥 새칠로 서울 갈 거라고 말들
을 해댔지만 기다리는 아버지는 오지 않았다

곱똥쇠 할아버지
—모롱지 설화 77

    찹살배기 곱똥쇠 할아버지는 기살을 잘 놓았다 여름이 끝나고 찬 바람이 불기 시작하면 토방 아래 양지쪽에 앉아 기살을 엮었다 싸릿대를 비어다가 산내끼를 꼬아서 우알로 가온데까지 석단 칭아로 엮은 다음 두발 가웃되는 기살을 돌돌 말아 마롱 미티 넣어 두었다

야! 우리 할아부지가
기살 놓러 간다는디 너 따라갈라냐?

소락뵈미 또랑으로 간디야
원래는 안 갈쳐 주는 것인디
내가 너랑 같이 간다고 쫄랐어

언지 가는디?
오늘 지영때 정밥 먹고
암토 몰루게 울 집으로 와

할아버지는 기살을 옆구리에 끼고 도리조마니맨키

로 생긴 산내끼 기집을 여나므개 챙겨서 껌껌한 밤길을
나섰다 나와 칠성이는 아주까리 지름을 부서 심지를 찡
군 호롱을 들고 따라갔다 껌껌헝게 발미티 조심허라고
연방 할아버지가 말씀하셨지만 신이 나서 쫑알거리느
라 듣는 둥 마는 둥 개발디딤으로 걸었다

　　또랑 양쪽에다 기살을 세우는 거셔
　　기살 한가온데 터진 구먹에다 기집을 달아 매랑게로
　　그르치 잘헌다
　　인자 강된장 한 덤벵이를 기집에 여코 호롱을 키놔
　　나는 미티로 내려가믄서 서너 군디 더 놀랑게로
　　느그덜은 여그 잘 지키고 있어라잉

　　금방 잡힐 줄 알았던 참기는 기척도 없고 불을 본 모
구떼가 앵앵 댐벼들었다 쪼글치고 앉아 양발을 들었다
놨다 팔다리를 문태며 모구를 쫓았지만 밤이 깊어지니
으슬으슬 춥기까지 했다

오매! 얄뜰이 달달 떨고 있네
안 되것다 느그덜은 집에 가 있그라
참기 잡는다고 손지덜 잡게 생겼네
어서 인나들 가
껌껌헝게로 발미티 조심덜 히라잉

참게 잡기
—모룡지 설화 79

머던다고 따라가서 모구 뜯기고
고상 고상 상고상을 허고 와
얼름 발꼬락이랑 씻고 들어가서 자
새로 한 시가 다 되었는디
애린것덜이 차말로 잠도 없네
아 쓰잘디기읇는 이애그 헐라다 말고
얼름 씻고 들어가 자랑게로

고생힛네 우리 손지 그리서 맷 마리나 잡었냐? 참기
가 너를 잡것다 인자 배와 놨응게 커서 늬가 잡으면 되
는 거셔 애린것덜한티 추운디 멀 갈친다고 곱똥쇠 녕감
이 고상을 시켰냐? 할아버지가 덮어 주는 이불 속에
서도 기집에 지금쯤이면 참기가 가득 들어갈 거란 생각
에 잠이 오지 않았다

우리 아부지가 갖다디리라네요
아칙에 소락뵈미 또랑에 가 봤는디
기살에 기가 겁나게 들어와 버렸어라우

아부지랑 지가 얼래미 채로 걸어 가지고 왔어라우
어지끼 새복까지 아그덜이 고생 겁나 헜다고
미안시럽다고 전허라고 하시는구만요

이부자리 속에서 칠성이네 아버지 목소리를 듣자마
자 뽈딱 인나서 토방으로 나갔다 얼래미 안에는 주먹만
한 참기들이 집게발을 짚고 기어오르고 있었다

야! 야! 조심혀 기덜이 너 문다 물면 솔찬히 아퍼야

칠성이네 아버지가 돌아간 뒤에 할머니와 엄마는 기
장을 담는다고 간장을 대렸다

일 바빠 죽것느디 쟈는 그새 기 잡는 디를 따라갔다
오고 으찌나 구잡스런가 모르것어요 그리도 요것덜이
다 참기다 원래 논기랑 털기는 살이 읎어 기장을 당궈도
탕을 끓여도 맛이 읎어 장은 한 번만 끓이고 항아리에
다 기를 여코 잘박잘박허게 부서 줘 기살에 장이 배길

때꺼정 보름간은 열어 보도 말고 열댓 마리만 따로 빼서
점심상으 참기탕 끓이내먼 쓰것다

　아침절 내내 나와 제동이는 장을 대리고 기를 손질하
는 할머니와 엄마 곁을 따라댕기며 말참견을 해댔다

울력다짐
─모롱지 설화 81

장마 때 떠내려간 다리는 여름이 다 가고 추석이 지
나서야 다시 놓을 준비를 했다 다리를 새로 놓고 싶어
도 여름 한 철과 가실일로 일손이 바쁜 석골 형편상 그
럴 수가 없기 때문이다 가실거지가 끝나면 동네 어른들
은 울력다짐을 열어 다리를 어떻게 놓을지 상의를 했다

상도랑 점동이는 뒷산에 가서 쓸 만헌 늠으로 솔낭
구 열 낭구만 비어 와 빤듯한 말목 헐 놈허고 베를 탈 늠
은 따로따로 챙겨 놓야 혀 뢰는 맷 바작이나 떠와야 된
대요? 작년으 열 바작 했는디 모지랬응게 열다섯 바작
은 해야것지라우? 올해는 뢰는 뜨지 말어 동네 으르신
덜하고 애기해 봉게로 마실 돈으로 낭구를 베를 타서
아예 송판으로 다 깔기로 힜어 뗏장으로 다리를 덮어
놓게 애린것덜 발모감지가 트매기로 폭폭 빠지고 비 오
면 질척거리고 헝게 요참에는 돈이 좀 들드래도 송판으
로 다리 상판을 깔기로 힜으니께로 그리덜 알어 베는 누
가 타로 가는 것이 좋을까라? 작년에는 성구하고 지가
뗏장을 떴는디 올해는 베를 타는 거슬 즈이덜이 갔다 오

114

면 쓰것구만요 칡넝쿨로 산내끼를 넉넉히 꼬와 놔 서른
발은 족히 꼬아 놔야 헐 것이네

　다짐이 끝나고 상도 삼춘이랑 점동이 삼춘은 돌치랑
톱을 들고 뒷산으로 가서 나무들을 고르고 톱질을 해
서 비어냈다 비어낸 낭구들을 잔가지를 친 다음, 칡넝쿨
산내끼로 코를 걸어 산 아래로 끄시고 내려오는 것은 상
렬이 아자씨하고 근배네 아버지 몫이었다 목수일을 잘
허는 덕쇠 냥반허고 조앙쇠 할아버지는 끌로 낭구 말목
귀를 파고 요리조리 돌려 가며 코를 내며 말목 끄트매기
를 짜구로 쳐내 빼쪽허니 깎았다 동네 아짐들은 울력할
일꾼들 음식 장만을 허로 장에 갔다 해 질 녘이 다 되어
서 베를 타러 갔던 성구 아자씨하고 진오네 아버지가 소
달구지 가득 송판을 실어 가지고 왔다

섶다리 놓기
—모롱지 설화 83

이른 아침 해가 뜨자마자 아짐들은 갱변에 가매솥을
걸고 먹을거리를 장만했다 웃동네 술도가에서 막걸리
통개를 실어 오고 짐이 푹푹 나는 삶은 뒤야지 괴기를
썰어 내놓았다 마을 장정들이 막걸리 한 사발에 두툼한
괴기 한 점씩을 먹고 나서 일을 시작했다

시월이 지난 날씨라 햇살도 쌀쌀하고 냇깔 물도 차가
운게로 일 시작하기 전으 막걸리 한 잔썩덜 혀 술은 한
잔썩덜만 묵어야 허네 해장술 취해 불면 다리고 나발이
고 아싸리판 되버링게로 싸게싸게 시작허세 우선, 말목
다리 두 개를 가져다가 귀때기끼리 용마름으로 연결을
혀 말목 귀때기 코에다 맞춰서 바짝 조여야 허네이 말
목다리 너무 뽀짝 세우지 말어 지게 받치듯이 어슷허게
세워야 심을 받는 거셔 처므냐만 춥지 물속으 들으가믄
갱기찬혀 먼야 용호허고 성렬이가 한 짝썩 들고 들어가
서 냇깔 바대기다 세워 봐 칡넝쿨 산내끼로 니 구탱이를
꽉 잡아야 써 말목다리를 나래비 세워 바대기다 박는
일이 질 중헌게로

이여지기 여응차
말목 들어간다고 여응차
이여지기 여응차
빠빠시 섰다고 여응차
이여지기 여응차
놀래덜 마라고 여응차
이여지기 여응차
쑤욱 들어간다고 여응차
이여지기 여응차
빠지지 말라고 여응차
이여지기 여응차

　말목 한 짝씩을 지고 들어갔던 삼춘들이 칡넝쿨 산
내키로 네 구텡이를 잡고 짝을 맞춰 소리를 허며 산내키
를 꼬아 당겼다 여응차 여응차 소리를 헐 적마동 말목다
리 한 짝이 조금씩 바대기에 백였지만 가끔 꿈쩍도 안
하는 말목도 있었다

아! 짜구 좀 갖고 와

이 말목은

끄트머리를 더 빼쪽허게 깎어야것당게로

다리밟기
—모롱지 설화 85

핫따! 겁나게 춥다잉 아 근디 말목 미티 머시 있능게
비다 오사게 안 들어가네잉 말목 좀 다시 **빼** 봐 오매 **끄**
터리가 다 눙그러져 번졌네 짜구로 백날 깎아서 찡궈 봐
야 아무 소용없당게로 어이, 철수 조카! 자네가 물속으
들으가서 한번 바바
  한참 물 미티를 더듬던 철수 삼춘이 넙덕바우 하나
를 들어 올렸다 그르믄 그르치 어찌 요상시럽다 힜어

  이여지기 여응차
  다시 들어간다고 여응차
  이여지기 여응차
  빠빠시 섰다고 여응차
  이여지기 여응차
  쑤욱 쑥 들어간다고 여응차
  이여지기 여응차

  말목다리들이 나래비를 서면 상도 삼춘과 상렬이 아
자씨가 용마름과 용마름 새에다 마룻도리를 얹고 말목

귀때기 코에다 코를 꿰어 가며 한칸 한칸 말목다리를 이
어 갔다 얼추 다리가 이어 만들어지면 냇깔 이쪽편과 저
쪽편에서 마룻도리 위에 첼로 나이 많은 어르신들이 올
라갔다 송판을 깔고 못질을 하면서 연방 앞으로 가다
가 중간에서 어르신들이 만나면 섶다리 놓기가 끝났다

  인자, 석골 사램덜 모다 올라오시오
  다리 말목이 냇깔에 푹 백여야 헝게로
  다덜 올라와 다리볼끼 좀 해얀당게로
  알뜰아 느그덜도 얼름 올라오느라
  중간 중간은 살째기 밟고
  다리 말목 우게서 깡깡 한 번썩만 볼바도라
  아따! 야가 누구 아덜여?
  니나부지 이름이 머시냐?
  볼브랑게로 깡깡 잘 봅는당게로

  다리밟기 굿을 치고 솥단지에서 건져 올린 뒤야지 고
기가 채반에 올려졌다 석골 사람들이 다리 위에 한디

모여 술을 마시고 도굿대 춤을 추는디 어린앳덜도 덩달
아 신이 나서 다리 난간을 뛰댕겼다

꿩고기 뭇국
—모롱지 설화 87

가실거지가 끝나고 겨울이 오기 전에는 땔감을 장만
하느라 바빴다 동네 꼬맹이들도 밥값을 하느라 앞산, 뒷
산에 나무를 하러 다녔다 죽은 낭구가지를 모아 장작
을 패서 모태는 것은 어른들 일이다 또래 앳덜은 가랑잎
을 긁어다 고항에 쌓아 놓는 갈퀴나무를 하거나 나무
를 비어내고 남아 썩은 뚱컬을 돌치로 쳐서 모아 땔감을
쟁였다

사실 나무를 하러 다니는 것보다 재미진 것은 매가
숭켜 놓은 꾸엉을 돌라오는 일이다

매란 놈이 꾸엉을 잡으면 첼로 먼야 머슬 허것냐? 요
것덜이 꾸엉을 뒤집어 놓고 털을 뽑은 다음 배때기를 찢
어서 내복을 발라먹어 안 그러것냐? 내복은 보도랍고
또 후딱 썩응게 그러고 나서 배가 부르면 요것덜이 꾸엉
을 근처 푸섶에다 숭킨다고 꿈켜박어 한여름에야 푸섶
이 우거졌응게로 찾을래야 찾을 수도 없어 그런디 잎사
구 지고 풀때기가 말라 버리면 고닥새 들통이 나 이 멍
청헌 것덜이 꾸엉만 숭키고 꾸엉 털은 그대로 둥께 긍게

로 꾸엉 털이 뭉탱이로 흩어져 있는 것을 보믄 옆으 푸
섭을 뒤여 글먼 그 꾸엉은 매 꺼시 아니고 니 꺼란 말여

한겨울 나무를 하다가 꿩 털 무데기를 보면 그날은
횡재한 날이었다 날이 추워 꽁꽁 얼은 꿩 몸통을 들고
냅다 담박질쳤다 온 식구가 먹을 수 있게 무시를 나박나
박 썰어 넣고 고춧가루랑 마늘을 쪄서 끓인 꿩고기 무
싯국은 달고도 맛이 좋았다

아! 오직하면 꾸엉 대신 달구라고 안 힛것냐?

꿩고기 무싯국에 반주로 쇠주 한잔하시며 아버지가
말씀하셨다

떼보 수남이
—모롱지 설화 89

풍신이 지랄헌다고 안 허대? 물견이 좀 샌찮고 그러믄 그 물견 참 풍신나네 그리고 사램이 벙퉁이 짓을 허면 풍신이 풍신짓 헌다고 안 허대? 그것이 다 사연이 있는 애그여 옛날 왜늠 중에 풍신수길이란 늠이 있었어 아 이 늠이 왜늠덜을 끌고 조선으로 쳐들어온 거셔 임금이 도망가고 사램덜을 겁나 칼로 쑤시고 총으로 쏘고 개지랄을 떨었는디 자고마치 7년이나 풍신짓을 허다 낭중에 이순신 장군님헌티 대그빡 깨져가꼬 도망났다고 느그덜도 핵교에서 안 뺴왔냐? 아 근디, 이늠 생김새가 꼭 잔내비같이 생겨가꼬 키도 쪼맨하단다 눈깔은 뗑그랗고 개구락지맨치로 튀어나왔디야 하관은 쪽 빨려서 턱주가리가 삐쭉구두맨치로 생겼고 이 머거주기 자석이 조선 사람 겁나게 고상시키고 도망을 놔버렸어 그 두여로 그늠한티 포한이 져서 빈차리 가튼 늠덜을 보면 지금꺼정 풍신이 지랄을 헌다고, 참 그 물견 풍신나다고 허는 거셔

다들 고개를 끄덕거리며 듣고 있는데 수길이만 울상

이 되어 가고 있었다 뒤늦게 눈치를 챈, 안다니 박사 안수 삼춘이 아! 늬는 최수길이고 그 자석은 풍신수길이란 말여 긍께로 늬가 풍신하고는 아무 상관이 없당게로 봐라 잉 김길수도 있고 이길수도 있자녀? 길수라고 히서 다 같은 길수가 아니자녀?

눈물이 그렁해진 수길이가 쪼글치고 앉았던 자리에서 뿔딱 인나 집으로 뛰어가 버렸다 눈물을 훔치며 담박질치는 수길이 꽁대가리에 대하고 아! 그 수길이가 그 수길인 거셔? 앳덜이 웅성거렸다 수길이는 그길로 즈네 집으로 가서 매칠을 집 밖으로 나오지 않았다

낸중에 들어 보니 집에 가서 울고불고 이름 안 고쳐 주면 밥 안 먹고 죽어번진다고 숭불통을 앓고 떼를 써서 수남이로 바꿨다고 한다

이상! 내 친구 수길이가 떼보 수남이로 이름 바꾼 사연이다

토끼 망태
—모롱지 설화 91

　겨울이 오고 흰 눈이 내리면 뱅삼이 아자씨는 추수
가 끝난 햇지푸락을 소금물에 절여서 토끼 망태를 이었
다

　소금물에 담궈 놔야 지푸락이 야물아지고 찔긋짤긋
해지는 거셔 이걸 수삼일 그늘에 말렸다가 망태기를 이
어야 올겨울 내내 쓸 수 있는 거셔 늬덜도 봬와 놔라 나
죽으면 아무도 일 사램 없을 거싱게로 늬덜은 애리고 눈
썰미가 좋응게로 고닥새 봬왈 거셔

　요롷게 외약쪽으로 고를 내고 바른쪽으로 지푸락을
꼬아 잉 그렇지 아조 잘허네 요번에는 반대로 바른쪽으
로 고를 내고 외약쪽으로 지푸락을 꼬아 아! 바른손, 밥
먹는 손 말여 아야! 야가 가락재빙가비내 그렇지 지푸
락이 짧아지면 새늠을 새끼 꼬듯이 꼬아서 연방 훌치기
로 알마침 돌아쫌매먼서 질러 나가면 돼야

　세 살 칭아인 쎙고는 곧잘 따라 했지만 도통 숭내 낼

126

수 없는 것이 망태 이는 것이었다

발자죽만 잘 찾으면 돼야 토깽이란 늠은 지가 대니는
길이 있어 근디 토깽이 발자죽을 어트케 알것냐 눈이나
내려야 알 수 있지 야도 똑똑사니라서 그짓꼴로 발자죽
을 내놀 때가 있어 긍께 다 믿지는 말고 싸리낭구를 보
란 말여 싸리낭구를 씹어 논 거시 진짜 가가 대니는 길
여 거그 적당한 디다 망태기를 놓고 낭구가지 두 개를
새다리맹키로 벌리고 한짝을 묶은 다메 넙덕돌을 올려
그라고 다른 쪽에 지겟작대기 받치듯 낭구가지로 받치
면 돼야 토깽이가 배춧잎을 먹으러 들어오면 넙덕돌이
팍 눌러 버려 그러믄 끝이여 털킬 일도 읎서

외지 생활 끝에 모롱지에 갔다가 쎙고를 만났다 지금
도 토끼 망태를 일 줄 아냐고 물었더니,

어느 시상인디 망태로 토깽이를 잡냐? 성! 그거 야생
동물보호법 위반여 커일 난당게로 그냥 나랑 삼겹살에

127

쇠주나 한 납대기 먹고 가랑게로!

뱅이
—모롱지 설화 93

야! 너 외약짝 눈에 다래께 났능갑다
언지부터 났냐? 겁나 아퍼부냐?

우리 할머니가 그러는디
다섯 밤만 자고 나면 낫는다고 힜어
쬐께 씨애리기는 헌디
결대로 건들지 말라고 힜당게로
건들먼 덧나분다고
덧나불면 고롬 짜내고 괴약 발러야 된다

정님이 외약눈 아래 생긴 다래끼는 처음에는 작은 올
기쌀만 했는디 다섯 밤을 자고 났더니 쥐눈이콩만치 커
져 있었다 양지쪽에서 독찌께사리를 허던 앳덜이 눈에
난 다래끼를 보면서 한마디씩 했다

나도 들었는디 뱅이를 히얀디야
뱅이가 머신디 그냐?
아 긍게로 뱅이가 머시냐면

질 가온데 쬐깐 독자갈을 꼬막단지맹키로
니개를 모태 놓고 거그다 독자갈 한나를 얹어 놔
그르치 영낙읎이 우쭈지맹키로
정님이 너는 다리께 우게 속눈섶을 뽑아서
웃 독자갈 우게 얹어 놓고 딴 독자갈로 눌러
인제 누가 발로 차고 가먼
다래께가 그 사램한티로 올마 가는 거셔

애덜은 영례네 대문 안짝에 숨어서 거르막 가운데 꼬
막단지를 지켜봤다 아칙절 내내 봐도 어째 알었는지 지
나가는 사람들은 꼬막단지를 살짝살짝 비껴 댕겼다 지
켜보다 팡진 애덜이 다시 독지께사리를 시작허는디 갑
자기 팽경소리가 났다

성! 송아치 한 바리가 독자갈을 발로 차고 가번지네

머셔? 그럼 송아치한티 다래께가 올마 가는 거셔?

겨울밤
—모롱지 설화 95

왜정 때 임산종묘장에서 일을 배웠다는 복홍 작은할
아버지는 가끔 집 주변 개암나무 밑동을 잘라내고 쑤
시감 낭구가지를 꺾어다가 접을 붙여 주곤 하셨다

너는 똑똑사닝게 금방 뱨왈 거시다
이 기술도 뱨야 노믄 다 써먹을 듸가 있어
그르치 그르케 외약손으로 등껄을 꽉 잡고
개암낭구를 비어내고 등껄 우게를 짜구로 뽀개 놔
접부칠 낭구가지는 처므냐부텀
끄트머리를 때깨칼로 애필 깎뜨끼 반쪽만 깎어 놓고

그려 손이 야문 거 봉게로 잘흐것다
그르치 그 낭구가지 껍딱허고
개암낭구 트매기 껍딱이 딱 맞아여 써
어 잘허네 인자 흙을 물에 개어서
찰박찰박 접부친 듸를 더퍼씌워
막판으 헝겊딱 쪼가리로 친친 감아 주면 되야
금방 세월 간다 후내맹년이나 그 이담년이면

쑤시감이 매달릴 거여

낭종에 나 죽고 나면
여그 와서 내 얘기 허믄서 따 먹구롬

어느 해 겨울밤 엄마는 장꽝 빈 장독에 감춰 둔 홍시
를 내왔다

얼음이 살짝 백인 감을 먹다가 연전에 돌아가신 복
홍 할아버지 생각이 났다

문풍지 밖으로 눈이 오는지 눈 그림자가 점점 이어지
고 있었다

석찬이 형
—모롱지 설화 97

　정월대보름이 지나고 묵은 세배를 하러 댕기는 사람
들도 뜸해질 쯤이면 아지랭이가 아른거림서 냇깔 얼음
이 바근바근해졌다 동네 애덜이 겨울내 타던 썰매를 뺏
기다시피 고항에 처넣어 버리는 것도 그때쯤이다
　모롱지 아래뜸 나규가 어쩐 일인지 냇까랑에서 혼자
썰매를 타고 있었다 냇깔 안쪽으로는 들어가도 않고 가
상에서만 살살 타고 있는데 석찬이 성이 냅다 냇깔로 뛰
어들었다

　아야 한 번만 타 보장게 일로 주바바
　안 되야 성! 우리 아부지가 끄터리서만 타라고 힛써
　아! 갱기차녀 내가 쫌만 타고 다시 주께로

　석찬이 성은 뺏은 썰매를 타고 송곳으로 얼음판을 찍
어 밀면서 내달리기 시작했다 얼음이 곰보매니로 구멍
이 숭숭 뚫려서 녹고 있는 것 같은데도 썰매는 씽씽 달
렸다 썰매가 지나갈 때마다 얼음이 어울렁 더울렁 꿀렁
거리다가 푹 꺼지면서 석찬이 성이 물에 빠졌다

밭일하던 뱅엽이 삼춘이 꼭깽이를 들고 뛰어왔다 발걸음을 내딜 때마다 얼음이 푹푹 꺼졌다 꼭깽이로 얼음을 깨 가면서 석찬이 성 빠진 데로 다가갔지만 얼음은 꺼지기만 하고 길을 내주지는 않았다 꺼진 얼음 틈으로 석찬이 성 팔뚝이 오르락내리락거렸다 말 달구지를 끌던 나규네 아부지가 바를 연방 던졌지만 허탕이었다

아이고 어쩐다냐 저시기 저거슬 어쩐디야
근디, 물에 빠진 아가 누구여?

석찬이 성이 지 쏠매를 뺏어 타고 가다 얼음이 꺼져 번졌어라우

어, 어 고개를 니민다 니밀어
아, 석찬아! 손으로 얼음팍을 꽉 지퍼 꽉 지프란 말여
아, 아, 인자 안 뺀다 안 뵈야

조 자리가 그럭끼레 시내 앳덜이 조개 잡다가 빠져 죽은 자린디 꼭 고 자리 얼음이 깨져번졌네 물구신이 끄잡아 댕긴 것이네

석찬이 성네 아부지, 옴마가 달려오고 동네 사람들이 다 모였지만 석찬이 성은 끝내 물에 빠져 죽었다

아이고 우리 아그 어쩌끄나 석찬아! 석찬아! 이놈아 내 새끄야 나도 델꼬 가그라 나도 델껴 가란 말여 아침 밥 묵고 소나 끌고 집으로 오라 헸는디 급살맞는다고 너 므 쓸매는 뺏어 타가꼬 물에 빠져 죽어 이 오사러 죽을 넘아 에미도 데꼬 가그라 에미도 데꼬 가 이 썩어 죽을 놈아 불쌍한 내 새끄야아아

당골네가 물가에서 굿을 하는 동안, 석찬이 성네 옴마는 목이 쇠도록 껙껙 울었다

흰 고깔을 쓰고 흰 치마저고리에 오방색 깃발을 든

당골네가 징소리, 북소리, 장구소리에 맞춰 펄쩍펄쩍 뛰며 춤을 췄다 용왕님네 용왕님네 우리 석찬이 넋을 건져 줏소 불쌍한 우리 석찬이 넋을 건져서 날 줏소 서앙천 용왕님네 북앙천 용왕님네 남앙천 용왕님네 우리 자동 넋 좀 건져서 날 줏소 극락왕생하게 날 줏소 굿소리를 하며 당골네는 흰 광목베를 풀어 얼음이 채 녹지 않은 물속으로 밥중발을 흘려 보냈다

사램이 물에 빠져 죽으먼 넋도 빠져서 못 나온디야 그리서 물속으서 가매니 지다리다가 담 사램얼 물에다 빠쳐놓고 넋을 잡아 당군 담에나 나올 수 있댜 안 그러데? 물구신이라고? 물구신이 물속으서 잡아댕기먼 오강단지에도 빠져 죽는다고 안 허대? 그리서 굿을 히서 넋을 건져 주는 거시여 안 그르믄 인지 바라 저 자리에서 또 사램이 빠져 죽는다는 것이여 저시기 저 광목베가 넋베라는 거셔 넋베로 싼 밥중발에 멀크락이 들어오면 넋이 건져진 것이여

안다니 박사 안수 삼춘은 굿을 하는 내내 옆에서 설명을 해 주었지만 나는 차꼬 죽은 석찬이 성이 생각나서 눈물이 났다 굿이 끝나고 넋베에 쌓인 밥중발을 보러 동네 사람들이 모여들었는데 등짝이 화끈아팠다

야 이 넋 빠진 놈아 어서 가서 숙제부터 혀 얼름 애린 것이 뭐단다고 굿 귀경이냐 굿 귀경이

물에 빠져 죽은 석찬이 성이 물 위로 떠오른 것은 날이 풀리고 냇깔 얼음이 거지반 녹아 가리네 수문 쪽으로 둥둥 떠내려가던 이월 초순 무렵이었다 개학을 해서 학교를 갔다 오던 동네 성들이 섶다리를 건너는디 다리 말목 쪽에 걸쳐 있었다고 했다

석찬이 성이 물에 떠 있는디 꼭 송장시엄 치듯끼 웃덜을 보고 떠 있능 거셔 근디 꼭 산 사램 같드랑게로 폴뚝이랑 넙덕단지를 네 활개 치듯 벌리고 떠 있는디 웃덜보고 꼭 일로 와 일로 와 부르는 것 같았당게로 눈도 안

감고 입도 안 다물고 웃덜을 쳐다보드랑게로

　동네 삼춘들이 건진 석찬이 성을 어쩐 일인지 냇깔
가상에다 그대로 두었다 석찬이 성 옴마가 흰 광목베로
덮어 독자갈로 눌러 놓기만 했다

　어, 저그 혼불 나간다
　하따 석찬이란 늠 똑 사흘 만이고만
　살아서도 자발거리고 싸돌아댕기기 좋아흐더만
　석찬이란 늠 혼불 저 방정맞은 것 좀 봐라잉
　애린것이라 혼불이 진짜로 퍼렇다잉

　냇깔 쪽에서 솟아오른 혼불은 허공에 잠시 떠 있었
다 크기가 보름달만 했는데 파란색 같기도 하고 초록색
같기도 한 혼불이 몽실이네 할매 혼불맹키로 잉글거렸
다 이내 혼불은 사람들 머리 위를 넘어가 뒷산 솔밭에
서 춤을 추듯 한참 놀드니 산너머로 사라졌다

그날 저녁 석찬이 성네 아버지는 혼자 성을 거적에 말아 지게에 지고 뒷산을 올랐다 애린것덜이 죽으면 상여가 못 나가고 저르케 지게에 져다 묻는 거셔 동네 사램덜 무섬 주지 말고 해꼬지허지 말라고 엎어서 뉘고 묻는 거셔

누구도 석찬이 성 뫼똥이 어디 있는 줄 모른다 어려서 죽은 애들은 뫼똥을 만들지 않는 것이라고 했다

과거로 갈 수 있는 미래를 꿈꾸다

장예원(문학평론가)

1. 삶이 삶일 수 있었던 시절의 이야기

누구나 상상해 볼 법한 그것, 타임머신이 실제로 존재한다면 우리는 먼저 미래로 향할까? 과거로 향할까? 영국의 소설가 허버트 조지 웰스가 1895년에 쓴 『타임머신』에서 주인공은 서기 802701년의 머나먼 미래로 시간여행을 떠난다. 그곳에서 계급갈등으로 현재보다 퇴행해 버린 인류와 디스토피아를 대면한다. 반면에 시인 정동철은 의식의 타임머신을 타고 '모롱지'라는 과거의 장소로 떠난다. 그러고는 유년의 기억들이라는 넓은 풍경에 현재의 의식을 투영하여 그것들이 카메라 화면으로 들어오듯 시적인 형식을 부여한다. 그런데 여기서 눈여겨볼 지점은 그 형식의 구체적 양상이 액면적으로 서사 구성 양식을 취하고 있다는 것이다. 그래서 『모롱지 설화』라는 시집을 다 읽고 나면 우리는 이 마을의 인물과 사건을 비롯해 소소한 소재들과 동물, 식물에 이르기까지 유기적으로 연결된 각각의 퍼즐을 완성하여 총체성을 경험하게 된다.

독자들은 과거로 돌아가 직업으로 존재했던 이야기꾼인 전기수가 맛깔나게 들려주는 옛 마을 이야기 한 편을 들은 착각에 빠질지도 모른다. 다시 말해 시를 눈으로 읽었다기보다는 귀로 듣는 청각적 이해로서의 경험을 하게 된다. 그것은 『모롱지 설화』의 시편들이 구수하고 향토적인 구어체 사투리로 서술될 뿐만 아니라 실제로 '옛날 옛적에'로 시작하는 옛이야기들이 등장하는 데에서 연유한다. 전라도 방언 특유의 토속적인 감칠맛은 지금은 희미해진 전통과 해학이 어우러진 만담으로 읽히며 우리에게 정스러운 즐거움과 웃음을 선사한다. 이러한 구술적 서술은 '현대'라는 명명과 결합된 강박적인 개인성과 복잡성에서 오는 우리의 노곤함과 피로를 잠시나마 잊게 해 준다. 이렇듯 이 시집이 이야기 혹은 옛이야기의 형식을 지니고 있다는 사실은 그것이 시인이 직접 겪은 유년의 경험임과 동시에 이전부터 반복되어 재생된 신화적인 성격을 가지고 있음을 주지한다. 가령 한국 설화에서 구렁이나 여우 그리고 도깨비불이나 혼불 이야기는 자주 등장하는 소재 중 하나인데 이것의 특징은 알레고리도 아니고 정확하고 객관적인 사실도 아닌 말 그대로 설화라는 점이다. 시 「먹구렁이 업보」, 「황구렁이 울음」, 「구렁이 비」, 「잔밥각시」, 「요시롱 캥」, 「혼불」

등은『모롱지 설화』가 지닌 설화적 혹은 신화적 성격을 이미 강하게 보여 준다고 할 수 있다.

그렇다면 이 시집은 유년의 경험과 전해 오는 이야기들 그 자체일 뿐일까? 물론 그렇게 단정 지을 수는 없다. 신화학자인 휘브너에 의하면 "신화는 과학기술 세계에서 점차로 잊히고 있고 이런 관점에서는 그것은 이미 오래전 극복된 과거"라고 한다. 그러나 한편으로는 "신화가 변함없이 모호한 동경의 대상으로 남아 있다는 생각의 계속일 뿐"이어서 오늘날 우리와 신화와의 관계는 분열의 관계라는 것이다. 정리하자면 신화는 과거지사로 고리타분한 것에 불과하다는 생각과 그럼에도 불구하고 그리운 향수의 대상이라는 생각의 역설 속에 있어서 간단히 답할 수 있는 문제가 아니다. 정동철의『모롱지 설화』는 이러한 분열과 역설의 사이 공간에서 작동한다. 그렇기에 이러한 시적 작업 속에는 모든 활동이 경제 논리로 환원되는 영악한 세태를 현실로 받아들이기 힘들어하는 작가의 신화적 본능이 작동한다고 볼 수 있다. 그가 근대 이후의 탈신화적 양상을 모르지는 않을 것이기 때문이다.

시인 정동철은 "구렁이"나 "여우" 그리고 "혼불"이라는 옛이야기들이 통하던 시절에 대한 이야기를 들려주고 있다. 자연과 인간이 소통하고 교류했던, 이웃과 이웃이 세대나 계층을 아우르며 함께할 수 있었던 시절을 말이다. 그 시절은 "팥으로 메주를 써도 메주 맛을 기똥차게 낼 줄" 아는 음식 솜씨를 지닌 팥니 아지매가 남의 잔칫집에서 "고구마 부침개를 푸짐히 부쳐 동네 꼬맹이들 배부터 불려 놓고 나서 음식 장만을 시작해도 집주인들은 군말이 없었다"(「팥니」). 또한 "어스름을 뒤로하고 불덩이 하나가" 보이면 "저 집이 혼불 나간다"며 먼저 기별이 오지 않아도 "앞집에 가 봐야것다고"(「혼불」) 얘기할 수 있는 공동체 의식과 신화적 상상력이 살아 있었던 시절이기도 하다. '모롱지'에서는 하찮고 구질구질한 일상 자체를 드러내는 일이 부끄럽지 않았다. 아직은 관계나 생활의 영역에 침투한 자본의 힘이 미약했기 때문이다. 그는 가난하지만 삶이 삶 자체일 수 있었던, 삶이 삶인 척 위장하지 않아도 되던 시절의 이야기를 들려주고 싶었을 것이다.

2. 명명되지 못한 수많은 불안에서 우리를 해방하는 사유들

시집 『모롱지 설화』에는 시인이 어린아이였을 때의 경험들을 아이의 시각으로 서술하기 때문에 느껴지는 아이러니와 웃음이 존재한다. 그 특유의 소박함과 해맑음 때문에 웃을 수밖에 없는 에피소드들이 다수인데 이는 시인이 시적 기법으로 해학의 아이러니를 활용하고 있기 때문이다. 가령 시 「도둑질」의 주체는 "조앙쇠 할아버지네 또망 옆에 세워 둔 박적"을 "국군이 쓰던 모자"라고 생각해서 훔친다. "인자 나는 애덜하고 전생사리힐 때 소대장은 맡아 놓은 거여 붉은 무리 인민군을 쳐부수는 데 내가 대빵질"을 할 수 있다는 생각에 뿌듯해서 집까지 "담박질을 쳐도 숨이 차지 않"을 정도였다. 그 모습을 본 엄마는 "옴마, 야가 으디서 똥박적을 뒤집어쓰고 들어온다냐?"라고 어이없어 하고 "담배를 피던 할아버지도 깜짝 놀라 장죽을 떨구"시는 부분에서 우리는 시트콤의 한 장면을 본 듯 실소를 금할 수 없다. 이 시 외에도 「끝니」, 「제동이」, 「서울말」, 「그놈 똥구녁」, 「무아로」, 「뽀로로」 등 많은 시편들이 말의 아이러니와 옛 어휘의 기원, 그리고 언어유희를 이용해서 해학적인 웃음을 선사하고 있다.

옛이야기의 형식은 대부분 농경 사회의 유물이다. 많은 사람들이 가난했지만 정직한 노동에 대한 인정과 서로를 향한 마음만큼은 풍부했던 시절. 가난을 부끄러워하지는 않았어도 그 시절에도 가난을 넘어서려는 마음까지 없지는 않았을 것이다. 해학의 아이러니는 가난을 넘어서려는 수사임을 우리는 알고 있다. 수사가 유머와 익살로 궁핍한 일상을 극복해 나간다면 그것을 해학의 문체라고 부를 수 있다. 시인은 『모롱지 설화』에서 이 해학의 문체를 적극 활용함으로써 겉으로 보이는 하찮고 비루한 일상을 정감 있고 따뜻한 일상으로 전환하고 있는데 이러한 해학의 문체는 시를 형상화하는 기법일 뿐만 아니라 그것 자체가 모롱지 마을 사람들이 어려운 시절을 버텼던 생의 한 방식이기도 하다.

한편 『모롱지 설화』에는 유독 뱀과 구렁이가 자주 시적 소재로 등장하는데 대체로 신화적 구성과 상상력이 발휘된 시들이 많다. 특히 「먹구렁이 업보」, 「황구렁이 울음」, 「잔밥각시」가 그러하다. 『모롱지 설화』는 1부-그놈 똥구녁, 2부-혼불, 3부-요시롱 캥, 4부-잔밥각시의 네 가지 소주제로 구성되어 있다. 그런데 「먹구렁이 업보」는 1부에, 「황구렁이 울음」은 3부에, 「잔밥각시」는 4부에 배치되어 있다. 이 세 편의 시들은 별개의 시로서 각각의 주제의식을 가지기보다는 각자가 유기적인 서사를 이루면서 인과관계로 연결되어 있다. 이 구렁이 시리즈 말고도 이 시집에는 제각각 배치된 시와 소재들이 시집 전체를 다 읽었을 때 온전히 이해되는 양상을 지니는 경우가 많다.

야! 이늠아! 구랭이는 업이여
업을 잡아서 묵으면 벌받는 거여
묵을 게 읎다고 업을 잡아묵냐
성주신이 노하면 집안이 망하는 뱁여
아 그라믄 안 된당게로
당최 그러들 말랑게로

　동인이네 할머니가 말리거나 말거나 대밭서 물외 넝
쿨대 할라고 대낭구를 비다가 나온 먹구랭이가 상도 아
자씨 팔뚝을 칭칭 감고 있었다 팔뚝만큼이나 두꺼운 구
랭이가 힘에 겨운지 그늠을 풀어 가며 아자씨와 동네
삼춘들이 엉겨 붙어 씨름을 했다

　얼렁 솥단지 가져와
솥단지 어, 그려 불 지펴
그렇지 부뚜막 대충 독자갈 싸서 맹글고
솥단지를 얹어
간솔가지 주워다가 불을 때랑게로
아! 머더냐
물 한 동우 갖다가 부서야지
　　　　　　　　　　　　　　－「먹구렁이 업보」 부분

상도 아자씨네 아들 이름은 개똥이었다 고사평 점순
이 누님한티 장개를 간 지 이태 만에 아들을 봤다는디
손이 귀한 집이라고 없는 살림에 백일 팥떡도 돌렸다

아가 나쓸 떡에는 고곳이 아 뽈따구에 콩알만 흐게
있었다드만 첨에는 다덜 점인 줄 알었지 근디 말여, 고
곳이 쪼께씩 커지믄서 지금은 얼굴 한쪽이 비얌 허물맹
크로 누디기졌디야 참, 밸일이 다 있다잉 어쯔서 아그
얼굴에 비얌 허물이 씌었디야 아! 거 있자는가? 상도가
애릴 적 동인이네 대밭에서 먹구렝이를 잡아서 쌀마 묵
었자녀? 동인네 할매가 잡으묵으먼 커일 난다고 그르케
뜯어 말겼는디

   (중략)

어린 개똥이는 어른들이 수군거리거나 말거나 해맑
게 웃으며 안방과 마롱을 기어다녔다 웃을 때마다 외약
뽈따구에 누디기진 비얌 허물이 따라 우는 것 같아 섬
뜩할 때도 있었다

                              −「황구렁이 울음」부분

영검한 잔밥각시 전으 빌고 또 비나니다 어리석고 답

답한 머거죽이 상도늠 연전 대밭서 허지 말랑게로 업
을 잡아묵고 말았어라우 오널 외약뽈 비얌 허물 누디기
진 것이 다 업 잡아묵고 동투 난 것 인지사 알았웅게로
미련헌 빈차리 개똥이 아부지 차말로 착아게 살랑게로
황구랭이 먹구랭이 다 불러다 잔밥 조께 맥여 주시고
불쌍한 개똥이 뽈따구 난 비얌 허물 잠 거둬 가소서 영
검하고 신묘한 잔밥각시님 전으 비나니다 지발덕덕 잘
타일러서 구랭이 원혼 물러가게 하옵소서

　황구랭이 너도 듣거라 늬가 낭군 잡아묵었다고 심술
부리는 심사 왜 모르것냐? 나도 스물야답 살에 청상이
되얐웅게로 늬 설움 잘 안다 아그한티 해꼬지헌다고 죽
은 낭군이 살아 돌아오는 것도 아닝게로 너도 헐 만큼
했웅게로 이 잔밥 덜컥 묵고 가서 다시는 오지 말그라
다시 오면 작두칼로 세닐곱 스물한짝 토막을 내놔번질
랑게로 토막을 내서 무쇠둠벙에 가둬번질랑게로 너도
늬 서방 잊어불고 멀리 가서 잘 살으라 설움도 시절이
가면 인연이 되는 것잉게로

　　　　　　　　　　　　　　　　　-「잔밥각시」 부분

이 세 편의 시를 통해 알 수 있는 서사는 내가 어린
시절에 동네의 상도 아저씨가 친구들과 함께 먹구렁

이를 잡아 끓여서 먹었는데 이후 상도 아저씨가 결혼해서 낳은 아이의 한쪽 얼굴에 뱀 허물마냥 흉한 자국이 생겼고, 그것이 집안을 지켜 주는 먹구렁이를 먹었기 때문이라는 것이다. 낭군인 먹구렁이를 잃은 황구렁이의 설움과 분노가 상도의 아이에게 복수로 표출되었다는 신화적 사고가 반영되어 있다. 현대의 관점에서는 비합리적인 미신으로 치부될 수도 있지만 그럼에도 지금의 현실에 시사하는 바가 있다. 하나는 잔밥각시에게 빌어서 황구렁이의 설움과 분노를 달래 주는 행위가 내가 살면서 무심하게 저지른 일들을 환기시키고 기도와 반성을 통해 앞으로 살게 될 날들을 풍요롭게 만들겠다는 종교적 의미를 지닌다는 것. 다른 하나는 지금 벌어진 불행한 상황에 대해 남 탓을 하지 않는 태도와 자신이 죄를 지은 대상이 비록 동물일지라도 잘못을 인정하고 사람에게 그리하듯 정중하게 사과하고 진심으로 유감을 표한다는 것이다. 현세태에서는 사람과의 관계에서조차 잘못을 저지르고도 미안하다는 말을 하는 순간 불리하다는 인식이 팽배하기에 인상적으로 여겨진다. 어떤 상황에서도 일단 누군가에게 상처를 줬다면 미안해하고 마음을 달래 주는 것이 가장 본래적인 상식이지 않을까? 2023년을 맞이한 우리는 그러한 상식이 통하는 시대에 살고 있다고 말할 수 있을까? 우리에게 신화적인 사고를 동경하거나 그리워하는 마음이 조금이라도 남아 있다면 그것은 신화 속에 담긴 세상사의 본래적인 원칙과 관용적 사고가 우리를 명명되지 못한 수많은 불안에서 해방하기 때문일지도 모른다. 이렇듯 인간을 비롯한 세계가 연결되어 있다는 사유는 너무나 당연하게도 지금은 흐릿해진 공동체 정신을 다시 호명한다.

『모롱지 설화』의 세계에서는 중풍이 와서 거동이 불편한 나의 할아버지가 늙은 정지낭이 있는 정지낭거리에 나와 하루를 보내도 심심하지 않고 위험하지도 않다. "오뉴월 해는 연둣빛으로 물든 낭구 잎사구 새로 살을 간간히 비춰 적당히 땃땃했고 한여름에는 낭구 잎사구가 하늘을 덮어 그늘이 시원했"기 때문이다. 또한 "오가는 사람들이 할아버지한테 안부를 묻고 할아버지는 근처에 논일하는 사람, 밭일하는 사람들하고 얘기를 주거니 받거니 소일"(「정지낭거리」)할 수 있었기에 중풍 환자라는 이유로 고립감을 느낄 새가 없었다. 4부에 있는 「울력다짐」, 「섶다리 놓기」, 「다리밟기」로 연결되는 시들 역시 장마로 떠내려간 다리를 석골 사람들이 힘을 모아 재건하는 상황을 시화하고 있는데 다리 완공 후 "다리밟기 굿을 치고 솥단지에서 건져 올린 뒤야지 고기"를 안주 삼아 함께 술을 마시고 "어린앳덜도 덩달아 신이 나서 다리 난간을 뛰댕"기는 즐거운 풍경이 담겨 있다. '회비'나 '비용'을 지불하지 않아도 관계와 공동체 유지가 가능했던 세계의 풍경이기도 하다.

3. 요시롱 캥이다 이 도적노모 새깽이덜아

이렇듯 『모롱지 설화』 속 대다수 시편이 시인의 유년기 시절 마을 사람들의 삶과 애환을 해학적으로 서술하고 있다. 그런데 이와는 다르게 직접적으로 사회적 소재를 다루고 있는 시편이 「개새끼들」과 「대한늬우스」이다. 전자는 전두환 전 대통령을 후자는 광주 사태를 소재로 하고 있다. 물론 이 두 시에서도 희극적인 요소들을 발견할 수 있다. 그것은 시적 주체들의 '순진해 보이는' 혹은 '자신감 있는 무지'로 보이는 태도와 사투리, 그리고 현실과 외관의 대조에서 발생하는 아이러니의 풍자적 요소 때문이다. 「개새끼들」의 시적 주체는 조카 일곤이가 보안대 방위인데 아무도 모르는 비밀을 알려 준다며 전두환 대통령을 화두로 꺼낸다. 보안대는 대통령을 보완하는 끗발 좋은 곳이라며 시적 화자는 조카가 권력과 가까운 직장에서 근무한다는 사실을 자랑스러워한다. 더욱이 마을 사람 몇몇에게 보안대의 경례 구호와 함께 자세까지 알려 주며 따라 하게 하고는 "대통령을 선출한 보안대!"
를 자랑스럽게 외치는 듯 보인다. 그러나 실제로 보안
대의 자랑스러운 업무는 "동네 개새끼덜이 하두 지서
싸서 전두환이가 잠을 못 잤다"는 이유로 "동네 개새
끼덜을 싹 수거히서" 파출소에 가두는 일이다. 그 일
이라도 제대로 수행이 된다면 그나마 다행일진대 그
들의 의도와는 다르게 개새끼들의 난장으로 파출소
와 호반촌 일대는 말 그대로 개판이 되면서 그들의 자
랑스러운 업무는 개한테도 쩔쩔매야 하는 일로 전락
한다. 더불어 대통령이 가진 권력과 권위는 개새끼들
만도 못한 의미로 곤두박질치게 된다. 개새끼들 때문
에 전두환이 전주에는 오지 않게 되었다는 희극적인
상황에서 사투리를 쓰며 순박해 보이는 마을 사람들
의 진짜 속마음은 외관과는 다르게 "개새끼덜이 컨일
을 힜네"로 드러나게 되면서 풍자미는 극대화된다.

　　팔복동 용산다리 가그 전으 호반촌이라고 안 있냐?
어, 거그에 사램덜이 잘 모르는디 전두환이가 오면 자고
가는 집이 있디야 사실, 아무도 모르는디 우리 조카 일
곤이가 보안대 방우쟎냐 알지 너그덜 보안대 끗발 좋은
거 우리 조카가 그러는디 보안대는 경례 구호가 '대통령
을 선출한 보안대'리야 한번 히바 요로케 차례 자세로

152

서서 손바닥을 눈썹에다 부침서

"대통령을 선출한 보안대!"

그르치 잘허네 근디 말여 달포 전으 전두환이가 왔
다 갔다고 뉴스에 안 나오대? 연전에도 왔다 갔는디 동
네 개새끼덜이 하두 지서싸서 전두환이가 잠을 못 잤다
나 워쨌다나 그리서 이번에는 파출소 순경덜허고 보안
대 방우덜이 동네 개새끼덜을 싹 수거히서 하가리 파출
소에다 가둬놔 버린 거셔 아 근디 동네 개새끼덜을 뫼
아 노니 이것덜이 가관이지 지덜끼리 방갑다고 지서쌌
고 서로 으릉대며 쌈헌다고 지서쌌고 파출소 사방간디
다 오줌 싸고 똥 싸고 난리가 아니었등게벼 글다가 개새
끼 한 마리가 열린 문 트매기로 나가 버린 거셔 그리가
꼬 파출소 순경덜하고 방우덜이 그 개새끼를 잡을라고
동네방네 우당방탕 뛰댕기고 개새끼는 이 골목 저 골목
도망댕기고 생각히 바라 동네 골목을 개새끼가 더 잘
알것냐? 방우덜이 더 잘 알것냐? 시끄렁게 동네 사램덜
은 다 나와서 귀경을 허고 파출소에 가둬 놓은 개새끼
덜은 지덜도 나가고 싶다고 죽으라고 지서대고 아조 볼
수 살 수가 없었다고 허드라

그 두여로는 전두환이가 결대로 전주 와서는 잠을
안 자고 광주로 내뻗디야

개새끼덜이 컨일을 혔네

느그덜만 알어
다른 사램덜이 알먼 커일 나

옆방에서 잠을 자는 척하면서 다 들어 버렸다 어쩔
거나 어릴 적부터 나는 입이 싸다 큰일 나게 생겼다

─「개새끼들」 전문

『모롱지 설화』의 등장인물들은 전라도 사투리를 능
청맞게 잘 구사하는데 이는 작가의 한 시절을 사실적
으로 묘사하기 위한 방편임과 동시에 다른 의도도 숨
겨져 있다고 보인다. 이 시집에서 사투리의 역할은 지
금의 세태에서 지나치게 규격화된 '표준'에 대한 반감
이기도 하다. 사투리 자체가 희극적인 웃음을 발생한
다고 보기는 어렵다. 사투리가 우스운 경우는 그것이
사투리를 쓰지 않는 사람들의 시각에서 대상화될 때
이다. 정동철 시인은 표준과 비표준의 경계를 없애고
그 관계를 뒤집는데 그 뒤집기는 권력에게로 나아가

서 확장된다. 그것은 「개새끼들」뿐 아니라 「대한늬우
스」에서도 파악할 수 있다.

강력 냉방 절전 냉방 대우 쿨스윙 에어콘 제공 시보
아홉 시를 알려 드립니다.

(중략)

계엄사령부는 오늘 오전 세 시 삼십 분부터 군병력
을 광주 시내에 투입해서 도청과 공원 등지에서 저항하
는 무장폭도들을 소탕하고 오전 다섯 시 십 분쯤 시내
일원을 완전 장악했으며 치안 유지를 위해서 이 지역의
출입을 통제하고 있다고 밝혔습니다. 이들 무장폭도들
은 오늘 새벽 군 투입 시 총기를 버리지 않고 총격으로
계엄군에게 끝까지 저항한 자들이며 계엄군이 광주에
새벽에 진입하자 과격파 난동분자들은 계엄군에게 응
사하면서 맞섰고 새벽 세 시쯤에는 여자 폭도 한 명이
지프차를 타고 시내를 돌며 계엄군이 쳐들어오고 있으
니 함께 모여 싸우자고 마이크로 소리를 쳤으나 대다수
시민들은 아무런 반응도 보이지 않았다고 합니다. 계엄
군이 진입하는 동안 새벽 네 시 경 저항하던 폭도들이
무기를 버리고 주택가 쪽 양동과 산수동 방향으로 달아

났습니다. 계엄군은 국민의 생명과 재산을 보호하는 국민의 군대로서 조속한 시일 안에 법과 질서 회복을 위해서 최선을 다하고 극렬 난동분자를 제외하고는 관대하게 처리하기로 했습니다. 계엄사령부는 또, 많은 폭도들이 투항하여 생명을 보장받았으니 폭도들을 숨겨 주지 말고 신고해 줄 것을 당부했습니다

　골마리춤에 라디오를 차고 둠벙뵈미에서 괭이질하다가 춘삼이 아자씨가 그랬다

　요시롱 캥이다 이 도적노모 새깽이덜아

　배추흰나비 두 마리 괭이질하는 밭고랑 사이를 살방살방 날며 놀던 어느 봄날이었다

—「대한늬우스」부분

『모롱지 설화』에서 표준어가 가장 많이 나오는 시가 바로 「대한늬우스」인데 바로 앵커와 기자에 의해 전달되는 광주사태에 관련된 뉴스 멘트가 그것이다. 이 시에서 중요한 지점은 표준어로 구사된 뉴스는 거짓이고 "요시롱 캥이다 이 도적노모 새깽이덜아"가 진실이라는 것이다. "요시롱 캥이다"가 무슨 뜻일까 싶

을 때에 「대한늬우스」보다 더 뒤쪽에 「요시롱 캥」이라
는 시가 나온다. 그 시에서 "요시롱 캥"이라는 말의 기
원을 알려 주는 옛이야기와 "모롱지서는 고지가 안 드
끼는 소리를 흐거나 택도 없는 짓거리를 부리면 '요시
롱 캥이다 이놈아' 그러는 거셔"라는 설명이 첨가되면
서 전라도 사투리를 모르는 독자의 궁금증을 해소한
다. 여기에서도 역시나 현실과 외관의 대조로 인한 아
이러니는 드러나 있다. 외관은 광주사태에 대해 표준
어로 정확한 사실을 전달하는 뉴스의 형식을 갖추고
있지만 그것은 실제로 택도 없는 거짓말에 불과하다
는 것. 근대의 소산인 표준어가 신화적 시대의 사투리
보다 우위에 있다고 할 수 있을까? 어쩌면 시인은 포
장이 잘된 그럴듯한 거짓이 판치는 세태 속에서 어쩔
수 없이 때 묻은 자기 자신을 조금이라도 털어 버리고
자 하는 마음을 가지지 않았을까? 「대한늬우스」는 국
민을 보호해야 할 국가가 천인공노할 정도의 대사기
극을 국민에게 벌였다는 역사적 에피소드이다. 이 에
피소드에 대해 왜 작가가 "요시롱 캥이다 이 도적노모
새깽이덜아"로 매듭짓는지는 명확해 보인다. 정면 대
결로 현실에 맞서지 못하고 우리들 몸에 배어 있는 허
위에 대한 비판의식과 더불어 그 비판의식을 발휘하
는 와중에도 사람만은 건져내려는 시인의 애씀이 느

껴진다. 왜 자연스럽고 단순하게 도적놈을 도적놈이라고 욕하지 못할까. "둠벙뵈미에서 괭이질하"는 "춘삼이 아자씨"조차도 "택도 없는 짓꺼리"에 대해서는 단호하게 일침을 가한다. 권력의 정도는 타인이 내보이는 인내와 관용을 살펴보면 된다. 그것은 "택도 없는 짓꺼리"에 대해서도 미소를 짓게 만드는 힘이다. 힘 앞에서 우리는 종종 예의바른 태도와 언어(표준어)로 굴욕을 감수한다. 시인은 권력이 작동하는 이러한 현실적 방식을 마주하면서 정직하게 자기 몫(괭이질)을 하면서도 소박하고 진솔한 발언을 할 수 있었던 모롱지 마을 사람들에 대한 연민과 그리움을 표현하고 싶었는지도 모른다. 그렇기에 과거에 대한 기억은 단지 그리움의 표현에 머무르는 것이 아니다. 『모롱지 설화』는 기억이 주체를 경유한 삶의 진실이라는 명제를 각각의 시편들을 통해 반복적으로 체험하게 한다. 그리움이라는 서정을 활용했을 뿐 그 이면에는 효율성과 경제적 논리 이외의 삶의 방식도 함께 지속될 가치가 있다는 시인의 소신이 담겨 있다. 이 때문에 『모롱지 설화』에서는 날카로운 풍자조차 차갑기보다는 인정스럽게 다가온다. 그는 사람에 대한 애정이 우리에게 주는 최대의 선물이 소신일 수 있다는 점을 아는 시인이다.

4. 석찬이 형! 어쩌면 나도 몽혼주사가 필요했던 건지도 몰라

정동철 시인이 『모롱지 설화』라는 유년기의 기억을 자신 안에 오래 머무르게 할 수 있었던 이유는 그 추억이 '모롱지'라는 장소로 잘 공간화되어 있었기 때문이다. 어쩌면 추억의 아름다운 화석을 발견하는 것은 시간의 역할이기보다는 공간에 의해서, 공간 가운데에서 가능할지도 모른다. 아무리 강렬했던 사건이라도 시간이 흐르면 그 순간의 두터운 구체성이 희미해져 우리는 추상적인 시간의 선만을 인지하게 된다. 이 때문에 바슐라르는 기억을 바로 어제 일처럼 구체화하는 것은 시간이 아니라 공간이라고 강조한다. 그 공간 안에서 느끼는 뿌리박힘의 소속감. 그리고 사람들과 배려하며 친숙하게 오고가는 생활 감정들. 그것들이 이 시집을 생생하게 만드는 원동력일 것이다. 이 생생함에는 가난하고 주목받지 못하는 개별자들의 자리를 오롯이 마련하려는 시인의 예술적 고민과 버둥거림이 깃들어 있다. 그 고투의 구체적 증거가 이 시집의 마지막 시 「석찬이 형」이다. 마지막 자리에 「석찬이 형」을 배치하기 전에 시인은 『모롱지 설화』 2부에서 이미 석찬이 형에 대한 정보와 나와의 관계에 대해 언급하고 있는데 다음의 시 「몽혼주사」에서 읽을 수 있다.

어릴 적 우황을 잘못 먹었다는 석찬이 성은 말이 어
눌하고 모지라 보이는 사람이었지만 등치가 크고 시마
자구가 장사였다 잘 얘기허다 뻔뜩하면 뚜디리 팬다고
해서 동네 알뜰이 살살 피했다 그 성이 고사평 열닷마
지기 독다리를 지키고 서서 삥을 띧는다고 허니 학교가
끝난 알뜰은 무서워서 전룡리까지 길을 돌아 집으로 갔
다

    야! 나는 그냥 고사평 열닷마지기 쪽으로 갈란다
    먼, 길을 한 바꾸나 삥 돌아서 가냐

    글지 말어 느릉거는 석찬이 성한테 걸리면 한 방에
널러가 번져
    내 말 듣고 그냥 얌전히 절룡리로 돌아가장게로

    고집을 부리고 들판을 걷는데 멀리서 봐도 성이 독
다리에 앉아서 물장난을 하느라 달롱개를 치고 있는 게
보였다

    어, 거그 오는 거시 누구여?

야, 일루 좀 와 봐라잉

야, 너 몽홀주사 아냐? 그 주사 한 방이면 확 나서분
다는디 발바닥이 너무 아퐁게 그려

가까이서 보니 뚱뚱 부은 발바닥이 길게 갈라져 피
고름이 흘렀다 재생빙원 가서 몽홀주사 한 방만 맞으면
금방 나슨단디 우리 집은 돈이 없어 그 주사 한 방이면
내 언챙이도 낫게 해 준단디 그 주사 한 방이면 우황 때
미 멍충해진 나도 똑똑해질 수 있단디 너는 석골서 공
부도 췔로 잘헝게 나중에 크게 되면 나 몽홀주사 한 방
만 노아도라

그러마고 약속을 했는지 안 했는지 기억은 없다 그
뒤로 성이 유난히 나를 잘 대해 줬고 석골 알뜰은 영문
을 몰라 했다 성은 그해 겨울에 물에 빠져 죽었다 가끔
성이 얘기했던 몽홀주사 생각이 났다

— 「몽혼주사」 부분

"석찬이 성은 말이 어눌하고 모지라 보이는 사람이
었지만 등치가 크고 시마자구가 장사였"으며 "잘 얘기
허다 뺀뜩하면 뚜디리 팬다고 해서 동네 알뜰이 살살

피"하는 인물이다. "모지라 보이는 사람"이지만 본인이 어린 시절 우황을 잘못 먹어 멍충하다는 것도 그리고 언챙이라는 사실을 스스로 인지하고 있기에 그를 보는 우리는 짠하고 먹먹한 마음이 들 수밖에 없다. 또한 "뚱뚱 부은 발바닥이 길게 갈라져 피고름이 흘"러도 병원에 갈 형편이 안 되는 가난한 집 아들이라는 사실 역시 알고 있다. 이렇듯 석찬이 형이 "잘 얘기 허다 뻔뜩하면 뚜디리" 패서 동네 아이들이 피한다는 객관적인 사실 이면에는 서글픈 그의 개인사가 존재한다. 그는 동네에서 제일 똑똑한 내가 크면 자기에게 몽혼주사를 놓아 달라는 부탁을 하고 그 이후로 나에게 잘해 주지만 그해 겨울 물에 빠져 죽으면서 나와 석찬이 형의 인연은 단절된다. 그런데 「몽혼주사」에서 "그해 겨울에 물에 빠져 죽었다"라는 간단한 문장으로 우리에게 전달될 뻔했던 석찬이 형의 죽음은 마지막 시 「석찬이 형」에서 그 죽음이 구체적으로 형상화되면서 잊을 수 없는 잔상과 여운을 남긴다.

정월대보름이 지나고 묵은 세배를 하러 댕기는 사람들도 뜸해질 쯤이면 아지랭이가 아른거림서 냇깔 얼음이 바근바근해졌다 동네 애덜이 겨울내 타던 썰매를 뺏기다시피 고향에 처넣어 버리는 것도 그때쯤이다 모롱지 아래뜸 나규가 어쩐 일인지 냇까랑에서 혼자 썰매를 타고 있었다 냇깔 안쪽으로는 들어가도 않고 가상에서만 살살 타고 있는데 석찬이 성이 냅다 냇깔로 뛰어들었다

(중략)

석찬이 성은 뺏은 썰매를 타고 송곳으로 얼음판을 찍어 밀면서 내달리기 시작했다 얼음이 곰보매니로 구멍이 숭숭 뚫려서 녹고 있는 것 같은데도 썰매는 씽씽 달렸다 썰매가 지나갈 때마다 얼음이 어울렁 더울렁 꿀렁거리다가 푹 꺼지면서 석찬이 성이 물에 빠졌다

밭일하던 뱅엽이 삼춘이 꼭깽이를 들고 뛰어왔다 발걸음을 내딜 때마다 얼음이 푹푹 꺼졌다 꼭깽이로 얼음을 깨 가면서 석찬이 성 빠진 데로 다가갔지만 얼음은 꺼지기만 하고 길을 내주지는 않았다 꺼진 얼음 틈으로 석찬이 성 팔뚝이 오르락내리락거렸다 말 달구지를 끌던 나규네 아부지가 바를 연방 던졌지만 허탕이었다

(중략)

석찬이 성네 아부지, 옴마가 달려오고 동네 사람들
이 다 모였지만 석찬이 성은 끝내 물에 빠져 죽었다

(중략)

물에 빠져 죽은 석찬이 성이 물 위로 떠오른 것은 날
이 풀리고 냇깔 얼음이 거지반 녹아 가리네 수문 쪽으
로 둥둥 떠내려가던 이월 초순 무렵이었다 개학을 해서
학교를 갔다 오던 동네 성들이 섶다리를 건너는디 다리
말목 쪽에 걸쳐 있었다고 했다

석찬이 성이 물에 떠 있는디 꼭 송장시엄 치듯끼 웃
덜을 보고 떠 있능 거셔 근디 꼭 산 사램 같드랑게로 폴
뚝이랑 넙덕단지를 네 활개 치듯 벌리고 떠 있는디 웃덜
보고 꼭 일로 와 일로 와 부르는 것 같았당게로 눈도 안
감고 입도 안 다물고 웃덜을 처다보드랑게로

(중략)

그날 저녁 석찬이 성네 아버지는 혼차 성을 거적에
말아 지게에 지고 뒷산을 올랐다 애린것덜이 죽으면 상
여가 못 나가고 저르케 지게에 저다 묻는 거셔 동네 사

164

램덜 무섬 주지 말고 해꼬지허지 말라고 엎어서 뉘고
묻는 거셔

　누구도 석찬이 성 뫼똥이 어디 있는 줄 모른다 어려
서 죽은 애들은 뫼똥을 만들지 않는 것이라고 했다
—「석찬이 형」 부분

　물에 빠진 석찬이 형을 구하기 위해 "밭일하던 뱅
엽이 삼촌이 꼭깽이를 들고 뛰어"오고 "말 달구지를
끌던 나규네 아부지가 바를 연방" 던지며 석찬이 성
네 아부지, 옴마가 달려오고 동네 사람들이 다 모였지
만 석찬이 성은 끝내 물에 빠져 죽었다. 석찬이 형의
죽음은 모롱지 마을 공동체가 공동적으로 체험했던
비극적인 사건이자 나의 상처가 된다. 즉, 『모롱지 설
화』에 드러난 여러 시편들 중에서 「석찬이 형」은 서사
와 정동이 팽팽하게 결합되어 있는 장면, 특히 상처/
죽음과 결부되는 가장 임팩트가 강한 대목인 것이다.
그 시절의 나는 석찬이 형의 죽음을 제대로 이해하기
어려웠을 것이다. 이별인지도 모르고 이별해 버린 이
에 대한 슬픔은 이별한 순간에서 멀어질수록 오히려
강렬해지는 경향이 있다. 이별 뒤에 따라오는 그리움
은 시간이 흐를수록 진해지기 때문이다. 시인은 켜켜

이 쌓인 그 슬픔과 그리움의 잔해를 모아 '이런 일이 있었어' 말하듯 우리에게 펼쳐 보인다. 석찬이 형의 죽음이 주었던 상실의 의미도 모른 채 지나왔던 과거의 편린들을 하나하나 복원해서 "뫼똥"도 없이 내 안에 묻힌 석찬이 형에게 정동철만의 시적 형식을 부여한 것이다. 전체적으로 서사 구성 양식을 취하고 있는 이번 시집에서 시적 서정성은 이 지점에서 가장 강렬하게 발생한다. 그가 석찬이 형에게 하고픈 이야기를 위해 이 시집을 완성했다고 말하면 지나친 발언일까? 그는 살아오면서 수없이 반복되는 삶의 피로와 고독 속에서 가슴에 품었던 꿈들이 흐릿해질 때마다 꿈을 가질 기회도 없이 사라져 버린 석찬이 형에 대한 애틋함과 애달픔을 가지고 있다. 그것이 자신에게 던지는 독백이자 동시에 석찬이 형에게 하고픈 「몽혼주사」의 다음과 같은 말이 우리에게 울림을 주는 이유이다.

"석찬이 성! 성이 얘기했던 몽혼주사는 이 세상 어디에도 없어 크면서 어쩌면 나도 몽혼주사가 필요했던 건지도 몰라 그래서 몽혼주사를 찾아댕겼는지도 몰라 그런 주사는 원래 없는 것이랴 그렇게 인자 잊어먹어 나도 잊어불랑게로"

아직까지 타임머신은 발명되지 않았지만 정동철 시인이 그랬듯 우리는 의식 속에서 가상의 타임머신을 작동할 수 있다. 특정 시간을 정지시키거나 운동시킬 수 있는 능력, 기억의 능력이 있기에 가능하다. 각자의 기억을 통해 과거를 현재로 불러올 수 있고 우리는 과거를 발판으로 현재를 되새기고 미래를 이해할 수 있다. 정동철 시인에게 『모롱지 설화』는 지나가 버린 사소한 무엇인가를 놓치지 않고 보유하며 되살아나게 하는 작업이다. 이는 죽음을 향해 가는 우리들의 삶이 죽은 자들과 함께 있다는 것, 우리는 개별자가 아니라 신비스런 방식으로 세계와 사물들과 교감하는 존재라는 본질을 끊임없이 강조하는 일이기도 하다. 그것은 망각이라는 시간의 폭력에 그가 저항할 수 있는 최선의 방식이다. 정동철 시인은 타임머신이 발명된다면 분명 먼저 과거로 달음박질칠 것이다. 그는 인간의 본래적 위안과 향기가 남아 있는 오래된 미래, 즉 과거로 갈 수 있는 미래를 꿈꾸는 시인이다.

모롱지 설화

2023년 2월 27일 1판 1쇄 펴냄

지은이	정동철
펴낸이	김성규
편집	김안녕 한도연
디자인	신아영
펴낸곳	걷는사람
주소	서울 마포구 월드컵로16길 51 서교자이빌 304호
전화	02 323 2602
팩스	02 323 2603
등록	2016년 11월 18일 제25100-2016-000083호

ISBN 979-11-92333-67-0 04810
ISBN 979-11-89128-01-2 (세트)

* 이 도서는 2021년도 아르코 문학창작기금 지원사업에 선정되어 발간되었습니다.